吉本ばなな

下町サイキック

目次

下町サイキック

ドライヤー

「友《とも》おじさん、どうして人は色とかお金とかに目がくらむの？　だって、今までの暮らしが普通に幸せだったら、それ以上つけたすべきものはないはずじゃない？　もしその時点で幸せでなかったら、お金が入ってきたって特に幸せになるわけないじゃない？　私にもわかるようなそんな簡単なことが、大人になるとどうしてわからなくなるの？　例えば友おじさんはこの場所をこうやってほとんど無償で、みんなのための場として提供してるじゃない。それは使いみちの話であって、儲ける話じゃないでしょ。いつか稼ごうという路線に変わることがあったりするの？　だとしたらなにがきっかけ？　貧乏？　野望？　生きがい？」

私はかなり無邪気な気持ちで、世間話みたいにそうたずねた。

まだなにもかもが平和にのどかに見えていた、春先の午後のことだった。

人々はまだまだ用心してコートを手放さず、たまに猛烈な風が吹いて、日に日に少しずつ冬が消えていく、そんなときだった。私はなんでそんなことを聞こうと思ったのか。なにかしら予感があったのだろうか。

両親が離婚して一年、父はまだまだ名残《なごり》惜しそうに私たちの生活の周りをうろうろしていたが、母はすっかり明るくなり、さっぱりとしていた。

やっと嵐が収まった、これからの人生の雰囲気が見えてきた、そう思えるようになった私は、落ち着いた生活の幸せをしみじみと感じていた。

父が家からいなくなっても、こうして毎日のように顔を合わせる近所の人がいれば、そんなに淋しさはないのだとこの一年で知った。むしろ父の度重なる女性問題について、父と母がいつもけんかしているかけんか直前かしかない状態だった頃のほうがよほど淋しく恐ろしかった。

まるで水がたまるように、ぽたりぽたりとけんかの水がふたりのあいだにたまっていく。いつ来るか、来たらどんなにいやな気持ちになるか。これを感じるくらいなら、いっそ別れてくれ！と私はいつだって心から思っていた。

私程度の環境でさえこんなふうに思うのだから、暴力をふるうお父さんがいる家なんてどんなにいづらいことだろう、と見知らぬ、しかしこの世にたくさんいるであろう子どもたちのことを考えてこの胸は痛んだ。

友おじさんは亡くなったお父さんが残した一軒家の裏の温室部分を改装して、「自習室」を作った。認可の形は、友おじさんの亡くなったお父さんが経営していた塾の企業名にうまくくっついたフリースペースとしてなのだが、立ち寄る人が図書館がわりに利用する単なる自習室としてしか使われていない。

その一軒家もまるで外と地続きみたいな雰囲気で、いつも引き戸が半分くらい開いている。柱から半透明の天井が延びているタイプの簡易駐車場があり、そこに古ぼけた軽自動車が止まっていて、玄関の真ん前だというのにそこに洗濯物が引っかけられていることが多い。

学生であってもなくても、なにかを学びたい人は立ち寄って勉強することができる。友おじさんのお父さんが遺した本と友おじさんの本やまんがが、きれいに整頓されてジャンル別に壁一面の本棚に収まっていて、家に持ち帰るのは禁止だが、「自習室」内でならいくらでも何時間でも自由に読んでいい。

真ん中に大きな丸テーブルがあり、窓に向かってカウンターのように机と椅子がある。十人以上入るとちょっと息苦しい感じだが、狭いなりにのぞいてから寄る人とか、新しく人が来たら帰る人などがちょうどよくいて、バランスが保たれている。お湯がすぐ沸く電気ポットと浄水器に入った水がいつも置いてある。アルコール類は持ち込み不可。食べものは他の人の迷惑にならないスナック程度なら食べてもいい。

まるでファミレスのドリンクバーのような感じで、いろいろな人がいろいろな国から買ってきた様々なお茶のティーバッグが、わきにあるなにかの空箱に並べて置いてある。

ここが夢と理想の場所ではない証拠に、たとえば差し入れのお茶やお菓子、その中に変なものを置いていく人が全くいないという想定ではない。わずかながらもその可能性はある、いつもそういう緊張感を持って、違和感のある品を私も友おじさんもさりげなくチェックしている。「人を疑いすぎるのもばかばかしいが、どうにもならないものはこの世にある」というスタンスでいる。近所の人、身元がわかる人に関してはかなりゆるいが、見知らぬ人、友だちの友だちなどが来たときには、よく観察する。そのくらいだ。

コーヒーは友おじさんの焙煎屋さんをやっている友だちがそのときどきに余っていて割引してくれる豆を電動ミルでひいてから淹れたものがポットにたっぷり入れてあ

る。友おじさんはコーヒーにうるさいので、インスタントをよしとしなかった。自習室にいる時間が長いから、自分が飲みたいものを置いているのだろう。

コーヒーが空になったら、次の人がまたミルで豆をひいてポットいっぱいに作るのが暗黙の了解だ。おかげで私はコーヒーの淹れかたを覚え、母に感謝されている。

だれが使ってもよいちょっと古いＭａｃも二台置いてある。

その脇には豚の形のカンパ貯金箱が置かれている。盗まれたことは一度もない。そこで時間を過ごした人が、小銭や時には折りたたんだお札を入れていく。集計は私と友おじさんと半々くらいで一日の終わりにやっている。

図書館のように静かにしていなくてはいけないという決まりはなく、音楽を聴きたい人はヘッドフォンをして聴いている。わずかに音が漏れていてもみんな寛容で、問題が起きたことはなかった。たまに友おじさんが買ってきたジャズのＣＤをかけたり聴きたいラジオ番組を聴いたりもする。そんなときは、そこにいる人々みんなでなんとなく同じものを聴く。

子どもが宿題をしに来たら、友おじさんが教えてあげたりもしている。そんなときは塾感が出る。

元温室だっただけに窓はとても大きく、陽あたりがよすぎていつもブラインドが半分くらいおろしてある。雨の日はブラインドを開ける。窓に雨つぶが浮かんで美しいからだ。

近所の板金会社の社長さんや地元の雑貨屋さんの、もうかったときだけの気まぐれな支援もあり、近所の人たちの差し入れやお裾分けも常にあるので、決してもうけは出ていないが赤字でもないと友おじさんは言う。

しかしこういった支援は、決してちょっといい話とかほっこりする下町人情みたいなものではない。それぞれがちゃんとよく観察している。支援したくないところには一切しないし、へそを曲げたらもういったん縁はなくなる。そんなわりと極端な人たちがうまく譲り合っている面もあるし、常に緊張感があるとも言える。でも見張り合いとか噂話に興味はない。ちょっとラテンな感じがするな、とラテンの国々に行ったことはないけれど思う。

そんな友おじさんの暮らしはとにかくつつましく、靴は清潔で手入れされているし服もアイロンがかかっているのだが、色が地味でジャケットの袖などはくたびれているので、一歩間違えたら貧乏な人に見える。現代の若いおじさんとは思えない、NHKの朝ドラに出てくる昭和の世界から抜け出てきたような見た目だ。そんな風にけちくさく見える彼も本やパソコンはかなり大胆に買ったりするので、考え方の問題だろうと思う。

友おじさんは続けて言った。

「それがさ、そう思ってる年齢のうちが華というか、歳とともに欲望と現実のつなぎ目みたいなのがだんだんずれてくるように世の中ができてる。人間ってきっとそういうさじ加減を学ぶために生まれてきたんだ。人生の最後はここを小さな塾のようなものにしたいなというのは、親父がずうっと言っていたことだ。塾にするには俺の学力はともかく経営力が足りず、自習室になった。親父が生きていたら勉強中心の寺子屋みたいにしただろうなと思うと少し申し訳ない。ほんと、親父にはできることならまだ生きていてほしかったよ。おふくろは今も毎日そう思ってると思う。」

友おじさんは言った。

「そうかなあ。お母さんっていうものは、息子が近くにいてくれてることが人生の最大の喜びで、だんなさんに関しては見送ると案外すんなり納得するものだってみんな言ってるって、うちのお母さんが言っていたけど。」

私は言った。友おじさんはそれを聞いて涙をにじませるほど、げらげら笑った。

友おじさんのお父さんは、この小さな街の駅前で小中学生のための塾を経営していた。そこが驚くほど繁盛していたので、友おじさんのお父さんはあるとき塾の権利を親友に売却して、教育についての考えや、専門だった化学の参考書を出版するようになった。それも評判がよく、日本中で話題になり、よく売れた。

友おじさんのお父さんは倹約家だったので、成した財を、近隣の人たちに役立つことをしながら、自分の書いたものをケアしていってくれと言って遺した。

立派な人生としか言いようがない。実際もはや面白みがないと思えるくらいに、立派な人だった。同じスーツを何年も着て、車も買わず、磨かれた古い靴を履いて道をゆく友おじさんのお父さんを覚えている。

母は「あの一家って、いい時代の日本共産党みたいなイメージなのよね」と友おじさんの家のことを言うが、彼らには特定の政党に対する思い入れはない。それは昔気質の教育者が持つ独特のまじめそうな雰囲気なのだろう。

友おじさんは大学を出てからお父さんの塾で数学の講師をしていたが、お父さんが脳梗塞で倒れて半身まひになってからは、お父さんの手足となっていろいろな事務作業や手続きに奔走し、お父さんを看取る頃には独身無職の状態になっていて、今もそのままだ。

友おじさんのお母さんは現在八十五歳だが、「自習室」から歩いて一分、裏口から出れば三十秒の母屋の家事を全部ひとりでやっている。

私の母は友おじさんのお母さん――明子《あきこ》おばあちゃんと呼ばれている――を深く慕っていて、離婚して多少自由な時間ができてからは週に一度か二度は顔を出して、手伝いをしたり、水などの重いものを買って届けたりしている。

もちろん買い物のお金はプラスもマイナスもなく額面通りにきっちり受け取っている。明子おばあちゃんはお礼にお茶を淹れてくれたり、お菓子を出してくれたり、送られてきたという果物や生物《なまもの》をおすそわけしてくれたりで、親切を受け取りっぱなしということは一切ないそうだ。父に甘えられ疲れてへとへとだった母はそれにすごく癒され、変な甘えが出ないのが明子おばあちゃんの尊敬できるあり方だと言う。いつそのあり方のきれいな線が崩れるかと思って覚悟していたんだけれど、全く崩れる気配がないんだよ、と。

早くに自分のお母さんを亡くした母は、明子おばあちゃんから女性の人生を猛然と学んでいるのだと思う。「学び」、それが友おじさんの周りにある全てのことにつながるテーマだと私はいつも思う。人になにかを教えるのが宿命のような一家だ。

周りの人が目の前で歳を取っていくことが、自分の人生を計るいちばんリアルな目盛、そういう感じがする。

まだ中学生の私の前には未来がたくさんある。ありすぎるくらいで、迷うもなにもない。ただ、まわりの人たちを見ていると自分がどんな風に歳を重ねていくのかなんとなく想像できる。それがどんなに恵まれたことなのかを、すでになんとなくではあるが体でわかっている私は得だと思う。

街に出ると、そういう目盛を失って心が道に迷っている人がたくさんいる。家に帰って家族を見たり、電話をして家族の声を聞くことができない人の、心の叫びが聞こえてくる。

「なんてことのない話が心の中に溜まっていって、胸の中ですっかり大きく硬い塊になっているんだ」、彼らの目はそう語っている。

なんてことのない話、それは例えば、昨日観たTVの内容だったり、それ取って、あれどこにある？ そんなこと。昨日誰々さんに会ったよ、あっそう、そんないちばんどうでもいいこと。人はそれを毎日誰かに告げていないとおかしくなってしまう生き物なんだと思う。

「自習室」に来る人の中にも、そういうことが溜まっている人はいる。

単に人のいる空間で座って本を読んでいるだけで、だんだん彼らの顔が柔らかくなっていくのがわかる。

そして私は「自習室」で秘密のアルバイトをしている。

秘密と言っても、いかがわしいことはなにもない。

私は友おじさんに頼まれて、私の持っている特殊な力で「自習室」をそうじしているのだ。

月曜日から金曜日の、一日どの時間帯であれ三十分間、九百円。

そうじに一時間かかってしまう日もあるので、割がいいバイトなのかどうかはわからない。もちろん旅行のときはおやすみできる。

必要とされているのであれば無料でやると友おじさんに言ったのだが、そうはいかない、ちゃんと払う、これはとても大切なことなんだ、と友おじさんに言われた。

「そんな大げさな。」

と私は笑った。でも友おじさんは大まじめだった。

もしこの空間が淀んでいたなら、ここに来る人たちが落ち着いてなにかを学べない。自分には淀んでいるかどうかはわかる。でも自分がいくらネットで調べてセージをたいたり、いい香りのスプレーを撒いたりしても、キヨカちゃんがここをきれいにするほどの力はないのだ、それが才能の違いだ、と言った。そして俺もその才能から何かを学びたいのだ、と。

私は友おじさんと違って気の汚れをはっきり目で見ることができるから、きれいにするのもより簡単なのだ。はたきではたいたり、換気をしたり、手を叩いたり、振ったり。しばらくそこで目をつぶって自分から光を出したり。やり方はいろいろある。いろいろあるというところが、世界のすばらしさだと私は感じる。

私に見えるそれがみんなには見えていないようだと知ったのは、小学校に入ってからだった。

「部屋のすみの黒いもやもやが取れてない」とそうじのときに言って変な顔をされたり、「あのおじいちゃんの頭の後ろの黒いところ、なんで取らないの?」とか言って親に不思議がられたりしているうちに、もしかしたらみんなには見えていないのだろうか?と気づいてなるべく言わないように心がけはじめた。

人によっては、見えていなくてもなんとなくわかったり、きれいなたたずまいで心の内も姿勢がいいような人もいて、そういう人がさっとそこにはたきをかけるともやが消えたりするので、見えていてもいなくても大勢に影響はないということがわかったのだ。

あと、まわりに隠れてつきあっている男女を見るとすぐわかる。色はその人たちのつきあいかたによって千差万別、全く違うのだが、どろどろのダブル不倫をしているおじさんとおばさんなど、祭りの会場で見かけたりすると胸がぐっとくるくらい濃い、同じ色の赤いもやに包まれていたりする。

私のこの能力を知っているのは母と友おじさんだけだ。

友おじさんは言った。

「まだだれにも言わない方がいい。その力はとても大切なものだ。でも、キヨカちゃんはまだ若いから、おかしなことに巻き込まれる可能性がある。だから、静かに育てて、鍛えたほうがいい。才能を持っていたらそのぶん、いつか必ず試練のときが来る。そのときに備えて、力をためておくんだ。」

そう言っている友おじさんの目を私は心の目を使ってさっと見た。中学生になってからは、心の目も多少のオンオフができるようになった。彼の目は全く曇っていなかった。私を信じている。私のことを心から思って言ってくれている。それがわかった。だから、私は迷わなかった。友おじさんが言うのなら、そうなのだろう。そう思うことにした。

いちばんはじめに友おじさんに聞いた問いの答えの続きは、こうだった。

「人はいつだって、今の人生をとにかく変えたいと思ってるからだよ。みんな新しいことがしたいんだ。そのきっかけが現世ではお金か色が手っ取りばやいってことなんじゃないかなあ。俺だって今の生活が完全なる満足というわけにはいかない。でも毎日おおむね満足しているし、恵まれていると思うし、感謝している。そしてなにか目指しているもの、形のないものに一歩ずつ近づいているという感覚がある。この感覚こそが、ほんとうに人が欲しいものなんだろう。」

「少し私にはむつかしいな。好きなだけ服を買えたり、お下がりじゃないPCやスマホを思う存分使えたり買い換えられたりしたら、どんなに気分がいいだろうと思うもの。」

私は正直にそう答えた。友おじさんは言った。

「確かにその気持ちがないと現代社会は楽しめないかも。俺だって少なくとも物欲は親父よりはずっとあるし。でもそれをして何をしたい?ということになると、やっぱり色と金にたどりつくのか、それ以外のなにかを求めるのか、道は分かれる気がするなあ。まだ君には色は関係ないかもしれないけど。その気持ちの強さはPCがほしい気持ちの何倍も強くって、たいていの人があらがえないんだよなあ。俺も自信ないもん。」

「人間って弱いんだね。」

私は笑った。

「だから面白いのかも。いろんなトラップがあって、それをかいくぐりながら、自分をわかってくってていうのが。」

友おじさんは言った。

部屋の中には静かなトーンの会話の響きや、キーボードの音や、うたた寝している小学生（友おじさんがひざかけを背中にかけてあげていた）の男の子の小さないびきや、そんなものが混じった「人のたてる音」が今日も心地よく空間に漂っていた。

古代のギリシャ人たちがオリーブの木の下で人生について語り合ったような場所でありたいという友おじさんの考えから、この「自習室」のテーブルの端には大きなオリーブの鉢植えがある。天窓からの光に照らされて、その堅い枝葉はきれいな緑色をたたえている。駅前の園芸店から、友おじさんがこれを台車に載せて運んできた日を忘れられない。こんな大きな鉢植えを私は見たことがなかった。天井につっかえるのではないかと思うくらいに立派な枝ぶりだった。引っ越した人の家にあったものを園芸店が引き取り鉢に植えて、安売りしていたそうだ。

世のおじさんたちが己の理想に基づいてなにかをやっていると、必ずそこには変な色というか、形というかが伴い、独特の変な臭いがしてくるものだ。

でもここの場合それがぎりぎりのところで無色透明に保たれている。強いて言えばコーヒー関係と音楽に偏りがあって多少昭和の喫茶店の匂いがする程度だ。

そのアクの薄さと、時代のアップデート感が、私が友おじさんを信頼している理由の一つだ。

「ところで。」

友おじさんは不思議そうな顔で私を見た。

「キヨカちゃん、なんでそれを質問しようと思った？」

言うべきか、言わざるべきか、私は一瞬ためらった。

そしてまだ言わないことにして、こう言った。

「いや、なんとなくだよ。」

友おじさんはそれを聞いて普通にうなずいた。

ためらっている間にも、オリーブの葉は優しくそこに存在していた。私はその緑で目を休め、ほんのり甘い気持ちになった。神様にしか作れない淡い緑の乾いた完璧な色。

「聞いた？　キヨカ。」

母が食事どきのリビングでキッチンカウンターにもたれて、私を真正面から見つめるときは、いつもろくな話じゃない。ついに離婚すると決めたとか。

父は出ていったが、私たちは父が購入した二階建ての小さな中古の家にそのまま住んでいた。友おじさんの家のすぐそばだ。スープの冷めない距離だ。

少し前のある夜、カウンターからフォークや水の入ったグラスを出しながら母はそう言った。

「何だかわかんないけど、特に何も珍しいことは聞いてないよ。」

と私は言い、支度を手伝った。

そして母の作ったスパゲッティカルボナーラを、いただきますと言って食べ始めた。

母は自分の出したグラスにワインを注いで、おつまみとして同じカルボナーラを少量盛ったものをちびちび口に入れながら、続けた。

「恥ずかしいよ、俊也《としや》さんさ、あんたのパパ、今、すごく若い子とつきあっててすでにいっしょに住んでいるんだって。街のうわさが回るのは速いから、きっとすぐ耳に入るだろうと思って、私からイヤイヤこうして伝えておく。」

うわあ、また女性の問題か、と私は思った。

「それを聞いて、まだパパに憎しみを感じたりする？　ママ。」

私は言った。

「いや別に。もう済んだことだから。」

母はけろりと言った。笑うと目がなくなって、ちょっと目尻にしわが寄るのが、今の年齢の母の最高にキュートなところで、何回でも見たい表情だ。

「ただ、今もまだまるで男の人とつきあう気がわいてこないのは、後遺症かなと思う。」

「いつかそんな日も来るのかなあ。さっちゃんとこみたいに、新しいお父さんがさっちゃんの風呂をのぞくみたいなのは絶対アウトだよ。」

私は言った。

風呂をのぞかれる程度で済んだのはよかったと思う。さっちゃんは結局街を出て、茨城県に住むおじいちゃんとおばあちゃんの家の養女になった。さっちゃんのお母さんに道で会うといつもとても暗い。さっちゃん元気ですか？と私が問うと、会いに行った話を幸せそうにしてくれる。そんなにだいじなら、今のだんなさんと別れればいいのにと思う。でも世の中のいろんなできごとはそんなに簡単なものではないことを、私はなんとなくの雰囲気で知っている。

「そんな人だったら、どんなに好きでも家から追い出すから。私を信じて。」

母は真顔で言った。

私は安心したが、本気で追い出すんだろうな、と心配にもなった。父は女好きで、母は美人だがまじめで融通がきかない。でも、私は愛のない家庭で育ったわけではない。それが安心の土台だ。

「パパの新しい彼女は、どんな人なの？」

私はたずねた。

「まだ二十二歳なんだって。駅前のパン屋さんでバイトしていて、街中の人が見に行ってるという噂の美女で、北海道から男の人とかけおちしてきたけど、その人と別れちゃって今はバイトと仕送りで暮らしているそう。」

母は言った。

「ああ、私も聞いたことある。アイドルみたいな美女がパン屋にいるって。男子たちが言ってたわ。」

私は言った。母と別れた後でそんな人とつきあえるなんて、父もなかなかやるなと思いながら。

「苦々しいったらありゃしない。でも、街中の人がこの件で泣いたり笑ったり見に来たりしてるから、ふたりともノイローゼになって通院してるらしい。」

母は笑った。

「そんな短期間でいろんなことが起きるなんて、その女の人、すごいね。だってまだ数ヶ月でしょ、あのパン屋さんがオープンして。」

私は言った。

「パン屋のおじさんの遠い親戚らしい。札幌かどこかでほんとうにアイドル活動をしていた子だそう。だから遠くからファンの人たちがネットで知って見に来るって、パン屋のおじさんも自慢げだった。パンもたくさん売れるし。」

母は言った。

「ママ、見にいったんだ。それにしても街ってすごい。いろんなことが起きるんだね。まさかそれに自分の父親がかかわっていようとは。」

私は正直な感想を言った。

食事どきに楽しい話題とは決して言えなかったが、父に関して全て苦しいことは過ぎ去ったあとだったので、どこか遠く世間話のような気持ちで聞くことができた。母もきっと、そんな感じだろうと思う。声の調子は噂話に限りなく近い感じで、ほんのり酔っておいしそうに食べたり飲んだりしているのでほっとした。

ますます父が遠くなっていく。私の心の目に今感じられるのは、小さな後ろ姿だけみたいな感じだ。私の父だった人が、だんだんそうでなくなっていく。でも私たちの暮らしを支えてくれるわけだから、ありがたくは思う。

父にとってなによりも大切だった赤ちゃんの私は遠くに置き去りにされた。それでも私のまわりには変わらずたくさんの人がいて、だから私はさほどしょげずにいられた。

たまに道で会うと嬉しそうにするので、私は父をすっかり許している。法律のことは知らないが、別れてなお私たちにお金をくれるなんて、すごいことだと思っている。それって、私に置き換えてみたら去年の夏休みの宿題を今やれと言われるようなものではないだろうか。

あるいはもう中古に近くなった車のローンを今も払ってるっていうか（このたとえを考えたとき吹き出してしまったが、決して母には言えない冗談だと思った。そしてきっとウケるから友おじさんに言おうと思った。こんなとき、私は自分が友おじさんがいることにいかに救われているかがわかる）。

お父さんは今頃その若い女性と、いっしょに過ごしているのだろうか。ベッドにいるのだろうか。ほんとうに不思議だった。私がもっと幼いときはいつも夜中にひとつのソファーに座ってTVを観て笑い合っていた両親がそんなにも、銀河の果てよりも離れている感じの場所にそれぞれいるなんて。

そう思ったまま、特にその問題を友おじさんに言うこともなく、過ごしていた。街の噂は速い。どうせすぐ耳に入るだろうと思って。

「泣くな泣くな、きれいな人は世界に出ていけば余るほどいるんだから。」

しばらくしたある午後、友おじさんが小さい声でそう言ったので、机につっぷしてうたた寝していた私ははっと顔を上げて、たれていたよだれをふいた。

たまに自習室で見かける、十七歳くらいのひょろ長い見るからにモテなそうな地味なお兄さんが、友おじさんに肩をぽんぽん叩かれながら恥ずかしそうに涙をふいていた。

「それに、見た目しか知らないんだろう？　ほんとうはどうかわからないじゃないか。」

「見た目というか、全体の雰囲気や声も、すごく好きだったので。ひとめぼれでした。毎日パンを買いに行っては彼女の笑顔を見て、胸が苦しかったです。あんな歳上のおやじに取られるなんて。」

お兄さんは泣き笑いをしていた。

まずい、と私は思った。これってもしかしたら私のお父さんがからんでいる話ではないか。真に申し訳ありません。友おじさんはそれをわかっていて、あえて私を寝かしたままで会話をしていた。

なので知らないふりをして、そのまま本に目を落として聞いていた。

「あんなきれいな人、これからの人生で出会える気がしないんです。」

彼は言った。

「そんな人だっていつかおばあさんになるわけだし、だいたいちゃんと出会ってないだろ、ふられてるんだから。」

友おじさんは言った。

「そんな身もふたもないこと言わないでください。」

彼は言った。

「いいんだよ、泣いたり、のめりこんだり、目の前真っ暗になったりするしかないんだから。好きになるとか失恋とかって事故みたいなもんで、もうどうにもならないんだよ。良い悪いとかも決してないしさ。」

友おじさんは言った。

「はい。」

彼はぼーっとした感じで答えた。

「プロの美女が、一般に混じるというのはすごく危険なことなんだね。」

友おじさんが私が起きているのに気づき、私のほうを見て言った。

「友おじさんだって、もしそんな美女が近くに来たら、好きになってしまうかもしれないじゃない。」

話をふられた形になって、私は言った。

「そうだなあ、そうかもしれないなあ。いつも十万円見てるところに急に一千万円が積まれるみたいな感じなんだろうからなあ。欲ってそういうものだよな。」

友おじさんは笑った。

「どっちにしたって、自分のものじゃないんだから、関係ないじゃない。お金も人も、目の前にあるだけだったら。」

私は言った。

「うーん、それが、そうでもないんだよ。『もしかしたら自分のものになるかもしれない』って思ったとき、人は最大におかしくなるんだから。」

友おじさんは言った。

「そんなことみじんも思ってなかったですよ！」

告白もしないうちにふられた彼はちょっと笑いながら言った。

「いやあ、絶対に思ってただろう。恋ってそういうものだもん。」

友おじさんも笑った。

こういうどうでもいい会話ができたら、きっともうこのお兄さんは大丈夫なのだ、そう思った。

そんなふうに、がちがちに暗く固まっていた心がほどけるとき、実際にもつれた糸がほどかれたように、ふわっとした糸みたいなものが空間に広がるのが私には見える。なんていい景色だろうと思う。湯気が温かく部屋に広がるときのようだ。

好奇心と興味から、私はその日、学校帰りにさりげなくそのパン屋さん（最近はブーランジェリーというらしいが、下町の人たちはみながパン屋で通してしまっている）の前を通ってみた。

ガラス張りで、パリのような雰囲気を出すためにパンが二段構えくらいで籠に盛られている。奥には大きなオーブンがあって、若い職人さんがパンを焼いているのが見えた。焼き菓子やパイも売っていた。

その女性がどの人だかすぐにわかった。一般人にはありえない完璧なスタイル、小さな頭、輝くストレートヘア、大きな瞳。なんてきれいな人なんだろうと目が離せなくなるくらいだった。普通の人がマジックで描いてあるとしたら、彼女だけが細い細い筆で描いてある。普通の人がモノクロだったら、彼女だけカラー映像。そういう感じだった。

しかし一瞬ののち、私のもうひとつの目は、彼女の後ろの真っ黒い闇を勝手に捉えた。ぐわっとお腹の底から吐き気が襲ってくるような、うごめく闇だった。

その中には彼女に振られた人たちのおどろおどろしい念がうじ虫のように確かに生きていた。私はぞっとした。

なんであんなことになってしまったのだろう。多少モテてたくさんの人を振ったくらいではそんなものがくっついているわけがない。あんな素人のお兄さんに太刀打ちできるはずがないや、きっとパパにもむりだわ、そう思った。

子鹿のように美しいこの生き物を見たら、頭から離れなくなってしまうということが、女のしかもまだ子どもである私にもわかるような気がした。清純な見た目に、激しくまぶされたスパイスのような闇。

えんえん続く荒涼とした大地を見ているような、言葉にできないような感覚を私は抱いていた。

私はまだ若い、しかしこれからの人生、こういう途方もないものをたくさん見ていくのだろう、というようなだるさ。

かんたんに言葉にしたらそういう感覚だった。

しかし、そんなかんたんなことではなかった。この世には私の知らないことがたくさん、無数にあり、そのほとんどを知ることがないまま私の人生は終わるだろうという確信、ひとつの人生でできることはほんとうに少ないのだというリアルな徒労感、ただ圧倒的なものを前にしたときの無力感、そんな感覚だった。

そのことが私の夢とか希望とか、そんな光をかき消したわけではない。ただ、私が大切にしていることなんて、全くちっぽけな、正しいと声に出して言うことさえはばかられるようなものなのだと心から思った。

だからこそ私はこの、武器とも言えないような小さな光だけを持って、たとえどんな穴ぐらに入ってしまったとしても、それだけを頼りに出てこなくてはいけない、そう強く思った。

比べてもいけない、論破するのでもない。どういうことをしたら自分が自分の好きなものを手放さなくちゃいけなくなるのか、なにがそこにつながるのか、匂いをかぎわけ、この身体がいるべき場所にいるということ。それよりも重要なことはこの世にないと、私の本能は語っていた。

いろいろな人のいろいろな種類の欲にさらされたことによって、彼女がそうなってしまったのか、それとももともと彼女の中になにか黒いものがあったからいろいろな人のいろいろな欲にさらされてしまったのか、この問題はもっとよく考えてみたいなと私は思った。

彼女は見られることに慣れているのか、私の視線にすぐ気づいた。自然な感じで私をちらっと見てにこっと営業スマイルを見せ、またパンを並べかえる作業に戻っていった。私と父を結びつけることはなかったようだ。

あらゆる意味でドキドキしたが、私は何も買わずにその場を立ち去った。

いやな予感のようなものをわずかに抱いたまま、私の生活はしばらくのあいだ、ふつうにそして静かに過ぎていった。

学校へ行き、帰りに「自習室」に寄り、母がパート先のＴＶ局から帰宅するのに合わせて帰り、母といっしょにごはんを食べる。

常に母がごはんを作るとは限らず、近所の店でおそうざいを買ってくる日もあれば、ラーメンを食べに行く日もあった。私がごはんを炊いて、目玉焼きやカレーなど簡単なものを作る日もあった。

大切なことは、母に会ってごはんを食べる時間を私が楽しみに思っていることだった。むちゃくちゃ楽しみで眠れないというような種類のものではなく、ああ、これから楽しい時間だな、なんだっけ、あ、お母さんとごはんか、そうだった、みたいな感じだ。

でもそれがどれだけいいことか、私は知っている気がする。父がいなくなってから、いっそうその良さがわかるようになった。お互いがひとりぼっちにならないように努力しているうちに、ほんとうに楽しくなってしまったという風味の良さなのだ。

そこに最近軽くまとわりついてくるいやな予感、いやな感じ。それはなんだろうとたまに考えてみた。

かすかな黒いもやもやがいつも心の中にある。それは嫉妬だろうか。そう思おうとしてみた。私たちと家族でなくなった父が今、だれかと暮らしている。だからだろうか？　でもどうもそれだけではなさそうだった。父が決して幸せではなくて、その幸せでなさが、こちらにもじわじわ影響を及ぼす、むりに言葉にするならそういう感覚だった。

学校から「自習室」に向かう道で、父にばったり会った。

父はものすごくくたびれて見えた。フードが肩のところでだらしなく丸まり、背中も少し丸く、いつも姿勢がよかった父とは別人のようだった。

はじめ、父だということがわからなかったほどだ。みすぼらしいおじさんが歩いてくるなあと思ってよく見たら父だった。

それは私にとって、とてもショックなことだった。

父にはいつも姿勢よくいてほしい。キャバ嬢にモテて怖いくらい長い時間、携帯をいじっていてほしい。クリーニング代を惜しみなくかけて、パリッとしたしわのない服を着ていてほしい。自分の中にそんな自分勝手な願いがあることを、私は初めて見つけて愕然としていた。もう赤の他人みたいに遠いのに。自分のことで自分にわからないことがある？　それは私にとって恐怖に近い感覚だった。

そんなことはおかまいなしに、私を見つけて父は言った。

「よう、キヨカちゃん、元気でいるのか？」

そして私の手をこわごわと、そっと両手で包んだ。

家に帰りたい。その気持ちが手からじわっと伝わってきて、私は思わず泣きそうになってしまった。

だったら帰ってきたらいいのに。今からいっしょに帰ろうよ。

そんな単純なことではないのをわかっている。でもそんな目をするなら、そんなに手を離したくないなら、帰ってくればいいのに。

全身で帰りたいを表現しているのに帰れない。

これが大人？　私は思った。だから演歌がわかるようになるのか？

だったら大人になんかなりたくない。

「キヨカの丸い鼻や小さくてぱっちりした目が、とても新鮮に映る。君はほんとうにかわいい、かわいいね。」

父は言った。

「毎日美人といるから、ふつうの顔の人が目新しいんじゃないの？」

私は言った。

父が気楽にのろけられるように。おどけられるように。

でも、父はただ悲しい顔をしたあと、むりに微笑んだ。世にも悲しい笑顔だった。

「なんだ、知ってたのか。そうだよな、小さい街だからね。」

父は言った。

無精ひげ、そで口の汚れ、磨かれていない薄汚れた靴。

私は初めて母の力を知った。母は父にいつのまにか大きな力を及ぼしていたんだ、と。

そして思った。あの人はとてもきれいな人だけれど、洗濯とかはしてくれないのだな。父はひとり暮らしの生活のままなんだな。

「だって今いちばんホットな話題だもの。」

私は笑ってみせた。父よ、もっと自慢げにしてくれと思いながら。

「噂は噂だよ。別にすごくうまくいっていたり、楽しくいっしょに暮らしたりしているわけじゃないんだよ。たまに会うだけだよ。」

父は言った。そして続けた。

「実は今、彼女は通院してる。心が安定しなくて、薬を飲んでいる。」

「私が聞いたってしかたないことを私に言わないで。」

私は言った。

「モテすぎるっていうのは、それはそれでたいへんなことなんだね。」

「そうかもな。ママによろしく。」

父はうつろにうなずいて、そう言った。

親なのに同じ家に帰らないっていうのはすごいことだなと思いながら、父と別れた。あなたは右に、私は左に。振り向いたら負け。そんな古い歌のように。

こんなに簡単に、よその人になってしまう。

恋愛をするのは楽しみ、でも別れって恐ろしい。まだだれともつきあったことがないのに私はそう思った。この思いが母バージョンではなく自分主体になって、もっともっと暗くてえぐられるようなものを、目の前が暗くなる思いを味わうことがあらかじめ決まっているなんてゾッとする。


あの彼女がどんな生き方をして、どんなものに今まで触れて生きてきてしまったのか、私にはわからない。その具体的な事例を知るには、私はまだ幼すぎた。

ただ、その気配だけはイメージとしてわかる気がした。

強いていえば、古くて不潔なアパートの一室に、いろいろな男女や霊魂が出入りしていて、みなスナック菓子を食べてお酒を飲んだりドラッグをやっていて、面倒くさいときはそのへんの瓶におしっこをして、洗っていないプラスチック容器が積んである流しにはいろいろな虫がいて、気が向いたらセックスをしたり、それを周りの人や霊魂が決してわくわくせずに見物していたり、あまり換気もせずＴＶもつけず音楽もかけず、目が覚めると西日で、そんな日々がいつ終わるともしれず続いていくが、そこにいるための最低限のお金は人を騙したりするよからぬ仕事で稼いでくる……みたいな感じ。

透明な水の中に一滴のインクをたらすと全部が黒くなるという話はよくあるけれど、この街でそんな感じを味わえるとは思ってもいなかった。のんびりしたところだなあ、とだけずっと思っていたので。

最近は街も私の心を映しているのか、いやなものや悪い雰囲気が目につくようになり、空気がよどんで荒れているように見えた。

そして心の中の子どもの私は、確かなもの、たとえば何があっても変わらない父的なものに頼りたかったが、今となっては父が最も頼りない存在なのだから、どうにもならない。母が気丈にしていてもまだ不安定なのを私はわかっていたので、母には安定して明るい自分で接しなくてはならない。

私が想像したような、あんないやな雰囲気を生きる自由さえ人間にはあるんだな、と私はこの世界というものの懐の深さにびっくりしていた。

そしてこの世に起きるどんなこととの影響からも、人は逃れることはできない。その厳密さにも驚いた。

なにでそう強く感じたかはとても具体的で、日に日に「自習室」を清めるのが大変になっていたことだ。私は初めて疲れを感じるようになっていた。私が弱っているのか、街の雰囲気が悪いのか、その両方なのか私にはわからなかったが、実際にそうなっていたのでしかたがない。

前はさっとほうきで掃けばよかったところが、今はぞうきんがけもしなくちゃいけない、しかもすぐまた汚れる、みたいな感じだった。

通ってくる人たちや窓の外から入ってくるもやのようなものが少しずつ増えていって、蜘蛛の巣みたいになかなか取れない。

そういう疲れ方をしたのは生まれて初めてだったので、こんなとき何が私を大丈夫にしてくれるのだろうと観察したが、やはりなんとなくではあってもまわりに人がいるということと、母と食べる晩ごはん、好きな映画や音楽。そして友おじさんが何も言わないけれどちゃんと見ていてくれるということだった。

友おじさんがもう少しで何か言いそうなのを私は察していた。うまく私をしばらく休ませるとか、さりげなくしばらく閉めて友だちのところに旅行してくるとか、そういうことを考えてくれているのが、全く言葉にしなくても伝わってきた。

つまり、私の才能を大切に思い、伸ばすことだけ考えている。

そのことが私を根底から支えていた。人の心のあり方が人の心を大丈夫にする、そんな目に見えない働きを知った。

ただ「休め」と言ったら、私はきっと「がんばる」となるだろうし、プライドも傷つくだろう。だからこそ、いいタイミングで休ませないと、私の才能が育たない。そこまで考えていることがひしひし伝わってくると、私も無理はすまい、とちゃんとぶれずに思えたのだった。


父が薬を飲んで自殺未遂をしたのは、春の終わりのことだった。

ああ、そうか、父こそが私にこのところいちばん影響を与えていたのか、と私は謎が解けたように深く納得した。何をしても心も空間も晴れなかったはずだ。母にはすがれない父の無意識はこの世の誰よりも私に覆いかぶさってきたに決まっている。

逆にそのブレイクスルー的事件によって私の頭はびっくりのあとこわいくらいすっきりしたので、父がそうとう思いつめていたということがよくわかった。

そのときも街の雰囲気は決して明るくはなかったが、パン屋騒動もなんとなく落ち着き、彼女の存在に街の人たちがやっと慣れた、そういう雰囲気が漂いつつある時期だったと思う。

春が初夏になる梅雨の前、一気に空気が色づいて広がっていく感じが一年の中でいちばん好きな私は、急にすっきりして世界の美しさが見えるようにはなったものの、現実的には恥ずかしいやら驚くやらで、それどころではない気持ちになった。

すれ違う街の人がみんな「気の毒な子」っていう感じで私を見るような気がして、それはもちろん半分くらいは妄想なのだが、知り合いは実際にスーパーや銀行などで会うと「大変だったね」と心をこめて私や母に言うのだから、居心地がいいはずがない。

もう籍は抜けている赤の他人である母も、さすがに知らせを聞いて父のお見舞いに行った。

「あの女性、いもしないんだよ、病室に。それにパン屋もやめたみたい。消えた。」

母は言った。そんな母の顔の周りにはべったりと黄色いなにかがまとわりついていた。「どこでくっつけてきた、お母さんよ」と私は思ったが、それは母の心の中からにじみでてきた膿なのだろう。あの女性を見にいったり、ネットで経歴を調べたりしているあいだにたまった膿。だからそうして色にして体の外に出したほうがいいものなのだろう。

「そうなんだ。パパのところ、次回はいっしょに行こうかな。」

ちょっと心配になって私は言った。

父は命に別状はないが、母が行ったときは胃を洗浄してまだぐったりしていたという。今は街でいちばん大きな病院の精神科に入院しているそうだ。

「あんた、会いたいの？」

母は言った。

「もしかしたら死ぬかもしれないと思ったら、会っておいたほうがいいと思って。まあ、私がお見舞いに行ったら、もしかしたら少しでも生きる方に気持ちが向いてくれるかもしれないし。」

私は言った。

父から感じたあの無力さを生々しく思い出す。あのとき、もう少し励ましてあげたらよかったのだろうか、と私は思った。でも違う。私の声が父の心に届いている感じはなかった。私の声の響きの持つ力が彼には伝わらなかった。私の声はまるで彼のまわりの空気を震わせていないように、ただ空気の中に吸い込まれて消えていった。

「いやあ、あのタイプは死なないと思うけどね。でもじゃあ、少し落ち着いたら会いに行こうか。ほんと、男の人って、だめね。まんまと若い女におぼれちゃって、あげくの果てに死にたくなっちゃうなんて。」

「あの人は、パン屋さんをやめて、いったいどこにいるの？」

私は言った。

「実家じゃない？」

母は言った。その瞬間、そうではないと私は直感した。彼女はこの街にいる。彼女が発している暗い気配が街じゅうの影に深さを添えている。いったいなんなのだろう、あの女性は。悪魔なのだろうか。いや、違う。きっといろんなことを見ないように見ないようにしてきたことで、自分の気持ちさえ見ないようにしてきたことで、押し込めていたものが周りにまでだだ漏れしているのだ。

「いや、きっとまだいるんだと思うんだけど。いやだなあ、あの人、出ていってくれないかな、街から。」

私は心からめんどうくさく思い、そう言った。少し前までなんの問題もなく心静かに暮らしていたのだから。

「でも出ていったら、今のあの人なら、その先でまただれかと同じことが起きるんじゃないの？」

母は聡明そうなそのおでこをななめ上に向けて、そう言った。そして続けた。

「そういうのがいないほうがいいって、それって、人生何も起きないほうがいいっていうのとあんまり変わらないじゃない。こういうことって、なにかしらあるよ。生きてればいつだって。あってもいいな、くらいでいいんじゃない？」

「ほんとだね。」

私は一歩外から見ているその考えに感心してうなずいた。そしてたずねた。

「じゃあ、どうしたらいいと思う？　ママは。」

「そうだねえ、彼女がだれかをほんとうに好きになって、そこにおさまるか。時間がたって彼女も年老いて、今持っている変な濃さが薄くなるか。あるいは修道院に行ったり仏門に入ったり。いろんなパターンがあると思うけど、いずれにしてもうちのパパじゃ、器が小さすぎたってわけね。まあ、別れただんなに対してこんな冷たい気持ちでいろいろ言えるっていう私も鬼だけどさ。こういうこともあるなって思うくらいが、私たちの妥当なあり方じゃない？」

母は言った。

「やっぱりさ、時間がちゃんと流れていて、自分は今ここでそこそこ楽しく生きてるってことを信じるしかないよね。おやつでも食べてさ。待つっていうか。あの人のことをそんなに考えないで、過ごすのがいいと思うよ。

私だって、思うところがないわけじゃないのよ。まだ未成年のキョカにこんなこと言うのはなんだけど、私ね、パパがあの人とセックスしてるとかは、もはやそんなにいやじゃないのよ、ほんとうに。結婚してるときはいくら割り切ろうと思ってもいやだったけどね。

でも、買いものの荷物を持ってあげたり、電球を換えたり、前はキョカのチャイルドシートが積んであった自分の車に乗せてあげているんだと思うと、すごく悲しくなるときがある。あたりまえのことなのにね。生活をしてるんだから。でも、そういうことが私達の関係の中でいちばんだいじで温かいものだったからさ。」

それを聞いた私の目には自然に涙が浮かんできた。私が父をいちばん恋しく思うのもその部分だったからだ。男としての父ではなく、人としての父の姿。生活の中の動き。もう二度と見ることはないだろう面影のかけらがふっと心のスクリーンをよぎっていく。

「でもねえ、今は今だしね。今の楽しいことが多少なりともあるから。ただ気が重いよね。自分が手放した人が死にたい、この世を去りたいと思ったなんて。パパが、もしその人を死ぬほど好きで、幸せになりたくて、それで本気で結婚を申し込んで、ふられたんだったらどんなにいいだろう。でも、きっとそうじゃないんだよね。それが哀しい。いちばんのダメージはやっぱり離婚だったんだろう、と思うんだ。

そういうはっきりしない中間にあることって、この世にきっとたくさんあるんだろうね。私たちがたまたまお気楽な世界にいるだけでさ。この街に生まれてよかったな。そんなに深い関係でないわりには助け合える、近所の、まわりの人たちがいてほんとうによかった。」

母は言った。

時間がたてば、この重さを、なんていうことはないこととして思い出すのだろうと母も思っていただろうし、私にもわかっていた。

ただ人の目の前には今というものしかないから、今の中にいたら先のことなど考えられない。父がこの世から消えたい、死のう、と思った夜があることが、私にとってただ重く面倒くさかった。重いだけなんて申し訳ないが、実際そうだったのだ。

その日の「自習室」も決して心地よい雰囲気ではなかった。

いいときは、オリーブの枝からきらきらした清潔なものが出ているような、部屋のすみずみまで照らされているような感じがするのだが、そこにはどうしても及ばなかった。私はふさふさの羊の毛でできた真っ白なはたきでていねいにほこりを取っていた。その午後は人が少なくて、突っ伏して寝ている私と同じ中学の一学年上の、見かけたことがある女子中学生がひとり、離れた窓辺でスマホでネットを見ながらメモを取っている商店街のくだもの屋のおじさんがひとり。

白いはたきで空気を動かす。もやっとしていたらぱんぱんと手を叩いたり、キャンドルを灯したりする。管理はむつかしいけれどそのぶん火はすごい。たいていのもやが燃えて消えさり、まるで暖炉の前にいるみたいに清らかな気持ちになる。

私はほこりをかぶったティーキャンドルをよく拭いて、分厚いガラスでできたキャンドル入れの中で灯した。それから窓ガラスを拭く。単にそうじをしているみたいだけれど、違うのだ。

「お、キヨカちゃん、ありがとうな。」

友おじさんが大きなトートバッグを持ってやってきた。

友おじさんはとてもすてきな人だと思う。どんなエロ話をしていても、多少不精ひげが生えていようとも、古ぼけた服を着ていても、いつもなにかがフレッシュなのだ。彼が入ってくるとこの家の空気が喜ぶのがわかる。心の中にいつもそういう勢いを持った人なのだ。ちなみに彼のお父さんは、全く空気を動かさない達人だった。気配がないというか、草のような山羊のような。だから生徒たちは圧を感じないで教えている彼の気配がそこにあるだけでひたすら静かに勉強できたのだろう。

親子でも持って生まれたものはそうしてまるで違う。

共通しているのは、ある種の清潔感と静けさだ。

人にものを教える人たちはやっぱりこうでなくちゃと思う。

「友おじさん、こんにちは。私、まんがの続き読んでから帰るよ。」

私は言った。

「俺はもう読んだ。まんが棚の同じところに入れてあるよ。」

友おじさんは言った。そしてトートバッグの中からガラスみたいな断面の大きな炭が入ったビニール袋を出した。

「炭？　すごく断面がきれい。まるでダイヤモンドみたい。」

私は言った。

「知り合いがこれを置くといいっていうんで。」

友おじさんは笑った。

「これをおふくろが昔編んだかごに入れてばしっと入り口に置くとかっこいいかなと

思って。」

「強そうだね、私のことはクビにしてくれてもいいよ。」

私は笑った。

「いやいや、この炭たちのほうが君のアシスタントだから。格下だから。」

友おじさんも笑った。

太いつるみたいなものでできたわりと雑なかごに、おじさんは新聞紙を敷いて、炭をていねいに置いていった。ざざっとあけないところもいいところだった。炭が割れてしまうから。

炭の粉が舞ったぶんだけ、周りの空気がしゃんとした。

「たまに洗って干すんだそうだ。」

友おじさんは言った。

「それ晴れた日に私がやります。」

私は言った。

「ありがとう。そうだ、おふくろが、親父が死んでから餃子を思い切りたくさん包めなくなったって淋しくてしかたないみたいだから、こんど餃子パーティをやろうよ。お母さんもいっしょに。お母さんにはいつもうちのことを手伝ってもらって、申し訳ない。」

「餃子、いいね。伝えとくね……友おじさんが、ママといっしょになればいいのに。そうしたらお父さんのことをすっかり忘れて楽しく暮らせるのに。」

小さい子みたいに私は言った。きっと甘えたかったのだろう。

「キヨカちゃんのお母さん、美人だけどおっかないからなあ。」

友おじさんは笑った。

「そうですよね。わかるわかる。私が男だったら、最初は好きだけど、怖すぎてビクビクしそう。」

私は言った。

「友おじさんにはずっと同じ若い彼女がいるんでしょ？　なんでいっしょにならないんです？」

「今、俺の彼女は外国で勉強してるんだよ。イタリア料理。」

友おじさんは言った。

「だからたまに友おじさんはローマに行くんだね。じゃ、それでいいよ。早く帰ってきていっしょになってほしい。そして私にぜひイタリア料理を食べさせてほしい。」

私は言った。

「約束するよ。それに、お母さんはきれいだから、きっとすぐに誰かが出てくるよ。」

友おじさんは言った。

「ママはモテるけど、恋愛に淡泊なの。父が口説き落として、頼んで拝んで結婚してもらったっていうんだけど。そういう熱心な人に限って、早く飽きちゃうんだね。」

私は言った。

「そうだったんだ。お父さんはチャレンジするのが好きなんだな。」

友おじさんは言った。

「今回のは特にビッグチャレンジだったな。命をかけた。」

私は言った。

友おじさんはあまり笑っちゃいけないと思ったのか、横を向いて口を押さえて肩をふるわせた。それを見て私もつい笑ってしまった。

こんな時間が全てを大丈夫にする。この程度でいいということを知らない人が多すぎる。父もそのひとりだ。

相手が気楽に生きていると、こちらにもそれが自然に、たとえはおかしいが洗濯ものの色移りみたいにじわっと移ってくるのだ。もちろん友おじさんは、私の父が自殺未遂をしたのを知っていた。他の人たちと同じく「大変だったね」とは心から言ってくれたが、そのあと特に話題にすることはなく、それにも救われた。

その夕方、私は母といっしょに、入院している父のお見舞いに行った。

父の病室は、ふつうの病棟ではなく、柵みたいなものの向こう側にあった。柵のところには見張り番みたいな人が座っていて、入り口で私たちはベルトだとかミニはさみだとかスマホだとかを全部預けなくてはいけなかった。

狭い個室に入っていくと、痩せてはいたが思ったよりは元気そうな父が、ベッドに半身を起こして雑誌を読んでいた。懐かしいすね毛の生えた足がふとんのはじから出ていた。父は情けない感じの目をして少しほほえんだ。

「俊也さん、この前よりはちょっと顔色がいいんじゃない？　ほんと、死なないでよね。生きてまた会いましょうね。」

と母は言って、父の手を取った。

父はしっかりとうなずいた。このふたり、ほんとうにもう終わったんだなと私は思った。そこに漂うさわやかな友情感、まるで昔の同窓生みたいだった。しかも男同士の。

今にもいっしょに手続きをして退院できそうな組み合わせの三人なのに、こんなにも同じ部屋にいることに慣れているのに、現実は先に何も続かない、その違和感だけがそこに確かにあった。

砂時計の砂が落ちるみたいなじりじりした時間が目に見えるようで、ただむなしくて哀しくて、これが離婚というものの本質なんだと若くして私は悟った。

そして会いにくるなんて残酷なだけなんだということをしみじみと思い知った。だってもうどこにも行きようがないのだ、私たちは。お正月も夏休みもいっしょにどこにも行かない。退院しても祝いのごはんを共に食べることもない。

「胃を洗浄するって最悪だったよ。あれを経験したら、あんな目にあうならなんで薬なんて飲んだんだろうと思った。いつかどんぐりを食べ過ぎてうちの実家の犬がお腹を開かれてたけど、あの気持ちがわかったよ。」

父は興奮気味にそう言った。

「いや、あなたは開腹してないから。犬の方があなたよりは大変だったから。」

母は言った。

だれもお見舞いに来てくれないのだろうか、と私は思った。彼女も？　彼女とは別れたの？　とても聞けなかった。ふだんの私なら聞いてしまうのだが、なぜかできなかった。

母は黙って父を見ていた。病院の売店で買った浴衣みたいなものを着たみすぼらしい雰囲気の父を。私は黙って父のベッドの脇のいすに座った。そして鞄から教科書を出して、淡々と英訳の宿題を始めた。

父は「今、ここで宿題をするのかよ」とは決して言わなかった。ただだれかがそばにいて、別のことをしている、そんな時間がいちばん大事なのだと私は直感していた。

母もそれを察して、近所の人たちの近況や、新しいスーパーができた話などをぽつぽつと、急がないようにゆっくりとしていた。内容はなんでもいい、人の声を聞かせることだけがだいじなんだと言わんばかりに。

一時間近く、私たち元家族はそうやって過ごした。

哀しさは漂っているものの、その時間が父の中に流れこんでいって、生きる力に変わっていく手応えを私は宿題をしながらもしっかり感じていた。

「そろそろ行かなくちゃ。今日は明子おばあちゃんと餃子を作る約束してるんだ。私たち、あなたが派手にいろいろやってるあいだ、変わらず地味に暮らしてるのよ。」

母はそう言ってほほえんで立ち上がった。

父は、覚悟したようにうなずいた。そして言った。

「今は、けちょんけちょんでなにもできないし、立って歩くのさえおぼつかない。でもなんかつきものが落ちたみたいになって、すっきりはしてる。こんな生々しい話をキヨカに聞かせて申し訳ないが、とらわれていたことだけはもうわかっている。彼女に対して情熱的だったときに惹かれた部分ほど、いやだ、気味悪いと思うようになるんだ。口のはじの食べこぼしだとか、タイツに開いている穴とか、生々しくてごめん。でも、もう醒めた。心配いらない。」

「あなたは、淋しかったのよ。私たちと離れて。夢中になれるものがほしかったし、自分をだめにしたかったのよ。罪悪感があったから。それだけ。もう自殺なんて考えないでね。まだまだ稼いで養育費払ってくれないと困っちゃう！」

母はそう言って父の肩をぽんぽん叩き、微笑んだ。そういう母を頼もしいな、と私は思った。

病室を出て、普通の病棟に続く出口を越える。後ろで檻みたいな格子がついたドアが閉まったときの音を、私は一生忘れないだろうと思った。もう聞きたくない音だなと。

しかし、その瞬間、私を襲ったあるひらめきが、私を再び父の病棟に向かわせることになったのだった。父はそのことを知らされていないけれど、きっとあの女性はここにいる、そう思った。

母が今夜作る餃子の買い出しに行くと言い、私は「自習室」に寄ってバイトしてから行くと告げて母と別れた。

母が振り向かなくなるまで、背中を見送った。

大人になるってこういう気持ちなのかと思った。ほんとうは母についてきてほしかった。しかし、ついてこさせるわけにはいかなかった。ここは私ががんばらなくてはいけないところだった。がんばったって何がどうなるということでもない。おとぎ話みたいに離婚がなしになったりもしない。

でも、私はひとりで行かなくては、そういう気がした。

そして踵《きびす》をかえして、病院に入って行った。入り口でまた父の名前を書いて、病棟の入り口でまたチェックを受けた。

そこからがスリルだった。

父の部屋の前をそうっと通りすぎ、廊下を曲がったところにある部屋の前に立った。ノックをする。もし間違えていたら謝って父の部屋に行けばいい。

「あなたが来るってわかっていたわ。なんでだか。」

やはりそうだった。ドアをすうっと開けて、あの女性が言った。

そのうつろな動作に私はさっそくゾッとした。

彼女の髪の毛はザクザクと切ってあって、かなり短かった。坊主になる一歩手前くらいだ。手首には包帯が巻いてあった。私がじっとそこを見ていたら、

「ちょっと切っただけで、全然大丈夫。血を見るとホッとするし、人がかまってくれるし。こうしてね。」

と言った。

「中に入って。」

もしかしたら私と母に知らされてないだけで、二人は心中しようとしたのだろうか？　今、父が近くにいることを、彼女は知っているのだろうか？　知らないでいてほしいと願った。私は、この人に殺されるのではないかと生まれて初めて思った。だってこの人は私を全く愛していないから。こんなにおかしな、自分で切ったとしか思えないざんばらなベリーショートにしていても、まつ毛が長く目も大きく美しくて、目の下に隈《くま》があるやつれた今でも、乱れたガウンが色っぽくて、映画の中にしかいない女優のようで、もはやうらやましいほどなのに。こんな見た目に生まれたら、私だったらどうしただろう？と。

「ねえ、何ちゃん？だっけ。俊也さんのスマホに写真が入ってた。」

「キヨカです。」

「キヨカちゃんか。ねえ、私の何が悪いのかなあ。きれいに生まれたのは私のせいじゃないもの。髪の毛のせいかもしれないと思って自分で衝動的に切っちゃって。ついでにまた手首も切っちゃって。何回かやってるんだけど。もっともっと切ってしまいたかった。丸坊主にしたかったから、うまくできなくてイライラしちゃって。」

私は黙っていた。言葉がうまく出てこなかった。

「私、夕方にステージに立つのは好きだったなあ。うすい青や紫の空に、スタンドの光がこうこうと輝いて、はっきり言ってあまりかっこよくないブサイクな男の子たちも、すごくきれいにそしてくっきりとすてきに見えるの。まるで目が良くなったみたいに。夢の中みたいに。歌と踊りと、仲間たちとの息がぴったり合って、目が合えばニコッと笑いあって、最高だったなあ。もう戻れないんだな。私、今も少し歩き方がおかしいでしょう？　ステージから落ちて骨折して長く休んだら、取られちゃって、居場所がなくなっちゃって。もうあんなふうには踊れないしね。あとはもうどうでもいいっていうか。私なんてアイドル界のはじっこのまたはじっこにいたにすぎない存在なんだけど、やっぱりね、楽しかった。もうすぐ札幌に帰るんだけど、なにしようかなあ。

これから。あれ以上のことが人生にあるような気がしなくってさ。」

うっとりとそういう彼女は、舞台に立ったらどれだけ美しいのだろう、と考えずにいられないくらいの迫力を持っていた。私は完全に気圧《けお》されていた。

「……お姉さんは、うちの父のどこを、好きになったのですか？」

私はたずねた。もう一生会うことはないだろう、だから聞いておこうと思った。

「そうねえ。奥さんが美人だって自慢げに写真を見せてくれて、くやしいから取っちゃおうと思ったの。だってほんとうに美人で、しかも素人の美人ってずるいなと思って。人に好かれる、苦労のない美人なんて、意味ない、憎らしいと思ってさ。」

彼女は言った。

人の口から出る母の姿は、私を深いところで少しだけ傷つけた。

「あとねえ、完全に好きになったのは、私が『下の穴に入れて』って言ったときに、ああ、まだわかんないか。私、アナルセックスがすごく好きなのね。ネットで調べてみてね。そしたら、彼ったら、『おまえ、そりゃ、違うだろ。ドライヤーで暖をとるみたいなもんだろ。俺はそういう使い方を間違えたことはしないんだ』って言ったの。それが最高でねえ。」

彼女はくすくす笑った。私を傷つけるためだけの笑顔だった。

「笑顔の使い方もすっかり間違えちゃってますね。」

私は言った。

彼女はにこにこ笑い続けながら、言った。

「……キヨカちゃんって、彼の成分からできてるんだね、考えてみたら。とってもかわいい、小さな薔薇色の唇。キスしてもいい？」

彼女は言った。目の中の暗い光がギラギラ光って、愛とか光でないものもこの世では同じように光っていることを、私は初めて知った。

「いやです。」

私は言った。

「なんで？　キスしたことないの？　気持ちいいよ。してみようよ。それなら使い方間違えてないでしょ？」

彼女は微笑んだ。純粋無垢なお姫さまのように。まつ毛の影がほほのあたりでさらさら揺れて、白い首が際立って見えた。近くで見ると短く切られた髪がいっそう生々しい。

「舌と舌がさわると、柔らかくて、とっても気持ちいいんだから。」

彼女が一歩一歩距離をつめてきて蛇に睨まれた蛙みたいになった私は、金縛りから解けた人みたいに急に動けたので、ドアへと走った。

「お父さんそっくりのいくじなしね。」

彼女の声が耳にねっとりと残った。

とりあえず私は父の部屋に飛び込んだ。その無意識の行動は、そうか父はまだ父なのだと私をホッとさせた。

痩せこけて、多分薬のせいで深くぐうぐう寝ている父の寝顔は、まるで赤ちゃんみたいだった。

生まれ変わって赤ちゃんみたいに生きられるといいね、と思いながら、手にそっと触れた。父の手に触っても、なにも変わらなかった。私をなぐさめることはなにもなくて、ますます悲しくなって涙まで出てきた。悔しいけれど、私はまだ子どもなんだと思った。

「もう少しちゃんとパパを愛してくれる彼女を作って、次は幸せになって。」

父の寝顔に小さな声でそう告げたら、気持ちが少し落ち着いた。

関所のような受付をまた出た。荷物を受け取り、病院の廊下を歩く。晩ごはんの時間らしく、大きなワゴンがあちこちにあるのをよけながら。人の心や体の迷宮がたまっているところだから、どうしても空気がだるい感じだった。そう思いながらやっと病院の入り口の自動ドアを出た。救急車がひっきりなしに具合の悪い人を運んできている。

外の風は少し冷たくて、街灯がこうこうとついていて、やっと目がはっきり見えるようになった。私は自分の足が震えているのに気づいた。

「うわ、思ったよりダメージくらってる。なんか体に入ってきそうだった、あの黒いものが。」

私は声に出して言った。あれが私の体の中のどこかに残って、じわじわと頭まで登ってきたら当分ご機嫌にはなれないだろうと思いながら。

そのとき、ＬＩＮＥの通知音が鳴った。

私はスマホを取りだして画面を見た。

友おじさんからだった。

「お父さん大丈夫だった？　片づけてから家に帰るから、焼き餃子だけ少し取っといて。水餃子はそんなに好きじゃないから。」

それだけだった。あ、そう水餃子好きじゃないんだ、と私は思った。一瞬全部忘れてただそう思った。

なのにだれかにぎゅっと手を握ってもらったような、日常の安心にふっと立ち返ったような、催眠術から解けたような。その瞬間、友おじさんの気配が私の手にじわっと広がって、頭がはっきりしたのがわかった。

見上げると夕方の空には金星が大きく光り、雲が渡っていく。高いところに吹く風のことを思う。通り過ぎていく自転車のライトがアスファルトを明るく照らす。鳥はみな巣に帰っていったらしくて大きな木の下を通ってももう鳴いていない。この季節のこの時刻の、これこそが世界というものだった、そう思った。

人の頭の中の世界は、魅惑的だけど、結局狭い狭い。

そして人が人をただ単に好もしく思うさらっとした思いは、宇宙と同じくらい自由で広い。

私は犬のように首をぶるぶる振って、歩き出した。

明子おばあちゃんの餃子のたねはにんにくを使わず、ニラと白菜と挽肉でできていた。手ぬぐいを頭に巻いてきりっとひたいを出し、その白い手でたねを魔法のように練っていた。その手の動きの鮮やかさは、気持ちの良いマッサージのようだった。こんな手で触れてもらえたら、餃子もさぞかし嬉しいだろう。

皮はもう作って冷蔵庫に寝かせてあった。

それを小さな丸にちぎっては麵棒で延ばすのは明子おばあちゃんの仕事だった。まるで機械みたいに同じ大きさの皮ができる。そこに打ち粉をまぶして、並べていく。

母と私はひたすらにたねを包んで、ひだを寄せて、餃子を並べた。

母は作り方のメモを取りながら、餃子作りに真剣だった。おしゃべりをしながらも、みなが餃子だけに向き合う時間、すごいリハビリだ。

今、目の前にある餃子に集中する、もし上の空で作ったら皮が破れてしまう。

ここで「とても餃子なんて気分じゃないから、家に帰って寝こむ」というふうに動いたら、心の中で塊になってしまったであろうあのいやな気分が、どんどん変わっていくのがわかった。

「これは、マジで楽しいわ。」

母は言った。

「皮は買ってきてもいいんだけどね。」

口数の少ない明子おばあちゃんは言った。

「手作りだとどうしても少し分厚くなっちゃうからね。」

なんだろう?と私は思っていた。別に私の手が汚れているわけではなかった。包み始める前に爪を切って手をしつこいほど洗ってアルコール消毒までした。

それなのに、私の手から餃子のたねと皮に、作れば作るほど、どんどん私の手にあった重いものが優しく吸い取られていった。

かといって餃子たちが汚れたり、重くなったり、気持ち悪い代物になるわけではない。三人で黙って包んでいるだけで、手を動かしているだけで、餃子の仕上がりは輝いていくのだ。真っ白でまぶしくて見えないくらい、清潔すぎて焼くのがもったいないくらいに、打ち粉を軽くつけて整然と並べられて、完成していく。

「パパの心の淋しさが、あの人の暗い気持ちにぴったりだったから、そこに吸い込まれていって、餃子を作るのと逆のことが起こったんだなあ。」

餃子セラピーの神秘について話しながら私は言った。母が心配すると思い、私はうそをついていた。帰りにばったりとあの女性に会った、まだ街にいるみたいだよ、という程度に話を留めておいた。

「セックス中心の人とはどうも考えが合わないのよ。だいたいの人間関係って中性くらいの感じでよくない？」

明子おばあちゃんはあっさり言い、私と母は吹きだした。

さっと手でほこりを払うみたいに、いろんなことがうんと簡単になった。長く生きるってすごいことだなと素直に思った。また、自分でできないことも他の人の力を借りるとわりと簡単に可能になるんだと。さっきまで私を襲っていた薄い吐き気のようなものはそこで笑ったことですっかり消えていた。

「あの人がこれから生きる道のことを考えると、気持ちがぐっと重くなるんだけれど、お祈りとか、してあげたほうがいいの？」

私は言った。

「それは、キヨカちゃんが考えるべきことではない。違う道、違う景色のことは、考えてもしかたがない。どうしたって丸ごと入り込めるわけではないから。」

明子おばあちゃんは言った。

「冷たくない？」

私は言った。

「冷たくない。むしろ、その人はこうなったほうが幸せって考える方がきっと冷たい。うまくは言えないけれど。まだ『憎たらしい、大嫌い』のほうがきっといい。人間関係、そういうことってあるんだよ。」

明子おばあちゃんは言った。

母は黙っていたが、口を開いた。

「私は、キヨカがあの女の人に会うってだけで気持ち悪い。だからきっとそれで合ってる。この気持ちでいいんだって素直に思うわ。死んじまえとまではもちろん思わないけどね、あの人のこと。もちろん彼のことも。」

私には今はまだわからない、その違いも、どちらが優しくて冷たいのかも。

ただ、縁がありそうでない人なんだ、とあの人のことを思った。一瞬落ちた穴みたいな人だった。

そのとき玄関が開く音がして、ただいまと友おじさんが帰ってきて、私たちは餃子を焼くために話を終わりにした。

「今から焼くとこ!」

と大声で私は言い、

「間に合った!」

と友おじさんが言った。

手を洗い、スウェットの上下に着替え、くつろいだ様子でお皿を並べたりラー油を出したりしている友おじさんのあたりまえの、ふだん通りの姿を見るだけで、私の心は落ち着いた。

その夜、餃子をたらふく食べて家に帰った私は変な夢を見た。

私はデパートの中にいた。文房具売り場だった。

私は母と待ち合わせていたが、母はこのデパートの中にいるのではなく、駐車場で待ち合わせることになっていることを夢の中で知っていた。

私はノートを見ていた。どれを買おうか、なにを優先して買おうか。ほんと、お金がいくらでもあったらみんな買えるのになあ、そんなふうに煩悩にまみれつつ、いっしょうけんめいに。

そのフロアはエルの字形になっていて、私はエルの一方の端っこにいた。

あと十分くらいで行かないと、母と待ち合わせている時間だと思って、少し焦っていた。

そのとき、こちら側からは見えない反対側の端っこのあたりで、大きな声がしてどよめきが聞こえてきた。そして何人かの人がこちらに走ってきた。

「みなさん、刺激を与えないように、そこでじっとしていてください。ご案内するまで動かないでください。」

フロアマネージャーらしき人が静かにやってきた。小さい声でひとりひとりに話して回っている。そこにいたお客さんたちは、しゃがみこんだり、床に座ったり、壁にもたれたりして、動かないようにしていた。

「なにがあったんですか?」

と私は窓際の段差のところに座って、隣にいる人に聞いた。よく見ると、それは「自習室」で会った、あの女性にふられた細長いお兄さんだった。

「向こう側でナイフを持った人が自殺をはかろうとしていて、近づこうと説得している店員さん相手にナイフを振り回しているんだ。今警察が来るところ。」

彼は言った。

夢の中の彼は、私に会ったことがあることをすっかり忘れていた。

「私、ママと待ち合わせをしているんだけれど、ママが心配してこっちに来ちゃったらまずいな、こっそりこっち側の通路から出ちゃってもいいと思いますか?」

私は言った。

「今は動かない方がいいよ、君が出たら、ついていく人が必ず出るから。そうしたら刺激されてあの人が人を傷つけたり、あわてて自殺したりするかも。」

彼は言った。もっともだと私は思った。

全員が警察が来るのを待って、じっと元いた位置に座ったり立ち止まったりしていた。事態が進展しているかどうかも今いる位置からは全く見えなかった。

私は母にメッセージを送った。

「今、デパートの私のいる階で事件が起きて、フロアから出ないでと言われてます。危険はなさそうだから、安心して少し待っていてください。決してこちらには来ないでね。警察がもうすぐ来ます。」

読んだら心配が増しそうな内容だとは思ったが、しかたがない。

あとは待つしかないと私は膝を抱えた。となりのお兄さんも座って膝を抱えた。

「どんな人でした？」

私は言った。

「おじさんだったような気がする。僕も出ようと思ってすぐこっちに走ってきちゃったから、よくわからないけど。」

お兄さんは言った。

母からメッセージが来た。

「いったいどうしたの？　とにかく近くに行って、様子を聞いてます。そのフロアにアクセスできるところはみんな封鎖されていて入れないので、またすぐ知らせて。近くで待機してます。」

心配だけがじわっと文字から滲み出てきた。

今、私がひとりだということが、とても悲しく思えた。

人はこんなふうに、すぐそばに愛する人がいても、生命の危機に陥ったりする。もしさっきの私に戻れたら、ノートはどうでもいいから母といようと思うだろう。でももうどうにもならなかった。私はひとりで、そばにいるのはうっすらとした知り合いだけ。でもいるだけまし。こんなところに人はふっと迷いこむことがある。

そのとき、「大変だ！　首を切った！　だれか来てくれ！」という男性の叫び声と、女性の大きな叫び声が同時に聞こえた。足音や物音が激しくものものしく響き、私は耳をふさぎたくなった。

押さえて！　担架は？　救急隊員が防火扉の外で待機してる！　そんな声が聞こえてきて、大勢が一団の塊となってこちらに向かってやってきた。隣のお兄さんが私の手をぎゅっと握った。

「見ない方がいい、目をつぶって。」

でも私は見てしまった。

いろんな人の血だらけの足跡がフロアを汚している様子、血に染まった担架と毛布、盛りあがった人形《ひとがた》。足だけが出ていた。その足を知っていた。父の見慣れた靴だった。

パパ、助からないかもしれない……、そう思って目をつぶった。

そのとき携帯が鳴った。画面を見ると「友おじさん」と書いてあった。

ああ、友おじさんが介入してきた。もう目を覚ましていい、そうだ、これは多分夢だ。今日の夕方に起きたことを私の心が象徴として全く同じようになぞっているのだという、稲妻のように確信が私を打った。

そんな魔もまた、人の心がつながった奥底の同じルーツから出てくるからこそ、私と彼女の中の魔の空間が、一点だけ父のＤＮＡをわかちあってしまったことで連動したのだ。

それを祓えるのは、全く関係ない人の思いだけ。

手を使って作った餃子みたいなものだけ。

だから人は人と助け合える。

そして目が覚めた。心臓がどきどきしていた。

しばらくは恐ろしくて眠れなかった。父が死んだという知らせが来る可能性はゼロではないのではないかと思ったのだ。

じわじわと現実に自分が戻ってくると同時にしらじらと夜が明けてきた。

隣の部屋で寝ていた母が、ノックをして小さな声でこう言った。

「大丈夫？　うなされてたよ。」

「大丈夫。こわい夢みただけ。ねえ、パパはぶじ？　病院から悪い知らせが来たりしてない？」

私は半分悪夢の中にいるままの気持ちでそう言った。

「あんたが大声でうなされてたから、こわくなってさっき携帯をチェックして、病院にも電話したけど、大丈夫だった。安心して寝なさい。朝も電話して聞いておくから。それに、なんかもう大丈夫だと思うよ。なんの根拠もないけど、あの人が恋愛の熱から冷めたときってすぐわかるから。このあいだすでにそんな感じだったもの。きっとまたけろっとして別の若い子に恋をするよ。そう願ってあげることだけが私たちの務めかもよ。」

母はちょっと寝ぼけた鼻声で言った。

「オッケー。おやすみ。」

私は言った。

カーテンの隙間から見える窓の外、鳥の声が響く朝の空を眺めながら、あ、この空の色になった。光がやってくる。きっと父は死なないなと思った。

体はまだ少し緊張していたが、夢の中で感じたとおり、あんなにも怖かった夢の世界は、私にとって体に残ったいやなものを、意識の底の見えなかったところから見える形に追い出す作業だったのだろうと。

父は離婚したら思ったよりも淋しくて最悪の状態になり、あの女性はあの女性でせっかくアイドルをやっていたのにだめになって気分はどん底で、そのふたりこそが今の夢の中のような雰囲気の世界に住んでいたのだろう。

残念ながら私にはどうにも関係のない世界だったから、夢を通じて穴底を見るようにのぞいてしまったのが申し訳ないくらいだが、つまりはあのふたりにとってもどん底はもう過ぎたと考えていいのだろう。

あの女性にしてみたらそれを私に見せつけてやりたいと、父にしてみたら私を頼りにしたいと、そういう思いが混じり合って、今頃私の世界に飛んできたのかもしれない。暗い世界の名残として。そういう世界には時空はないので。

でも私は気づけた。そして私の人生をだれも私から奪うことはできない。私の死さえも多分奪えないなにかがここにはあるらしい。その存在がはっきりとわかった。

違う使い方をしないで、自分の全てをこの人生でむだなくしっかり発揮できたら。

ドライヤーはドライヤーとして。

それをさらっと言った父のことを、ちょっと見直したなと思った。

でもこの話を友おじさんにはできないな、とも。

どんなにウケるかと思うと悔しいけれど、病院であの女性を見舞ったことと同じに、そんなこんなの小さな秘密を持つのが大人になるっていうことなのだな、と思いながら、私は空をじっと見ていた。もう一度寝ようかな、それともこのまま起きてしまおうかな、どちらでもいいなあ、とうっとりその青に心を染めながら。

清濁

それは私にとってあまりにもいつもの光景だったから、日々あたりまえのこととして眺めていた。でも、よく考えてみたらけっこう変わったことだったのである。確かに引っ越してきて最初に見たらぎょっとすることかもしれない、そんなこと、考えたこともなかった。

冬が近いある夕方、私は放課後に友おじさんの自習室のそうじバイトを終え、窓辺の席で宿題をやっていた。たまに目を休めるために窓の外の様子を眺めるのが好きだった。それも私の大切なルーチンだ。特に珍しいものも美しいものもないが、車や人々が動いているし空の色も見える。それだけでいい。

あまり車通りのない目の前の狭い道に路地からグレーのスーツ姿の新《しん》さんが出てく

る。彼は大きく内側に腕を回し、誘導しながら車を先導してくる。少し前かがみになって、真剣な目で、まるで命がけという風情で。

ただ、その命がけ感が力んでいる上っ面のものかというと、そうでもない。これは仕事だ、という感じで、実にプロっぽい。

やっていることは単なる誘導で、近年の車の後ろが映るカメラ付きの車のもとでは、必要ないことだと思うのだが。

彼のスーツはくたびれているが、上等な生地でできているのがわかった。そしてピカピカの黒い靴の先がとんがっているのが、新さんの若き日のやんちゃな時代を想像させる。彼にもきっと羽振りのいい時期があったのだろう。髪の毛はきちんとオールバックに整えられていて、車の出入りが多い忙しい日は少し乱れる。

新さんは、友おじさんの実家の並びにあるいわゆる土建屋さんの飯島《いいじま》さんの遠い親戚らしい。年齢は七十代前半くらい。彼がもともと少し頭の中が壊れた人なのか、年齢でボケてそうなったのかは知らない。噂によるともともとらしいが。彼はひとり暮らしができる程度にはしっかりしているが、会話は決して成り立たない。

彼は二十年くらい前から、この界隈で、実は誰にも頼まれていない「誘導みたいな仕事」を朝から日が沈むまでやっていた。

軽トラが何台も停まっている駐車場のとなりに、飯島家が代々経営している限りなく飯場と呼ばれるに近い感じのアパートがあり、新さんはそこの一部屋に無料で住んでいる。その代わりに誘導の仕事をしているという体《てい》になっているが、多分飯島さんが食事を世話したり、他の雑用を頼んではいくばくかのお金を支払っているのだろう。

そのアパートには飯島さんのところで働いている人たち以外に近所の身寄りのない単身の人が何人か長年入っていて、その現場限りの日雇いの人が空き部屋に入ることはめったにない。

そうやって自分の敷地に自分でアパートを建てて、働く人をそこに入れているし、駐車場も持っているので乗用車や軽トラの出入りも近隣の迷惑にならないし、区の福祉ともうまく連携して、飯島さんはなかなかよくできたシステムを作ったなあ、というのが近所の人たちの基本的な意見であった。

おおよそ五十代の飯島さんのおじさんの見た目は往年の安岡力也《やすおかりきや》みたいな感じだ。奥さんは明らかに元ヤンの匂いがする歳下の細い美女で、原付バイクの乗りっぷりがかっこいい。

彼らの子どもは男の子ばかり三人で全員がまだ小学生。彼らは私の通っていた小学校の後輩ということになる。

飯島さんは最近家族のためにその敷地内に新築の自宅を建てたのだが、それもまたこざっぱりとしていてちっとも豪邸ではないのがすてきで、アパートとの差が大きく出ている感じがしない。もし豪邸だったら搾取の仕組みとして近隣の人たちが見学に来るくらいだったのではないかと思うのだが、そこがさすが男っぷりのいい飯島さん、決して手広くやろうともせず、あくまでもともとある土地を有効に活用して、豊かに回している。

私のもうひとつの目には、飯島さんの広い敷地は森のように見える。絶妙なバランスでうまく循環する森の生態系。そこにはいろいろな事情があり、目には見えるが火種になりにくい経済格差があり、孤独があり、にぎやかさがあり、全部が渾然一体となって結果として安全な森を作っている。

そして私を含む子どもたちは常に新さんを「尊重」していた。

彼はこの森の一部だ、そういうふうに自然に思っていた。彼の毎日きちんと着ているスーツ姿がそれをいっそう自然にしたとも言える。

私たちは普通に彼に「おはようございます」「こんにちは」と挨拶をしたし、新さんはそれに笑顔もなくただうなずいた。そう、彼は決してにこやかだったり感じがよく街に貢献しているのではなかった。得体の知れない人なのだ。でも、彼のことを「いらない人」と思ったことは一度もなかった。風景の一部、システムの一部として欠かせないものであるという認識をしていたのである。

その午後も私はそうして誘導をする新さんを眺め、宿題を終えて、家に帰った。重いガラス戸を開けたとき、顔にひんやりした空気があたり、思ったよりも風が冷たいなと思ったことをよく覚えている。

友おじさんと自習室を出るときすれ違った。私はいつにも増してきちんとそうじを終えていたので、特になんの報告もなく笑顔で挨拶を交わした。

友おじさんは片手を上げるいつもの挨拶の仕草をして、ガラガラと戸を開け、自習室に入っていった。

家までの短い距離を私がてくてくと歩いていると、私の前を大学生くらいの男と、小学生か幼稚園の年長さんかくらいの女の子が手をつないで歩いていた。親子じゃないし、きょうだいにしては歳が離れてるし、なんだろうな、と私はちらっと思った。そして忘れてしまった。街には驚くほど多様な見た目や組み合わせの、あらゆる人がいるから。

私はそこから路地に入って家に帰り、スーパーのレジのパートを終えてから買い出しをして明子おばあちゃんのところに持っていき、遅めに帰宅してきた母とたこ焼きを食べた。母が駅前で買ってくるたこ焼きの量は軽食というレベルではなく、おなかがいっぱいになる。

私はそこでも新さんの話題さえ出さなかった。今日新さんを見た、それはあまりにもいつもの、あたりまえのことだったからだ。

だからすっかり忘れてしまった。その日のことを。

父は自殺未遂の短い入院から退院して、あの恐ろしい女性ときっぱり別れて、都心に越した。

ＴＶ局で放送作家の仕事をしていた彼には六本木とか赤坂があまりにもよく似合う。そのあたりでひとり暮らしを始めたら吹っ切れたようで、母との復縁もすっかりあきらめ、私も父に呼ばれれば普通に会いに行くし、メッセージのやりとりも毎日のようにしていたから、だんだん淋しさも紛れてきたようで、心底ほっとした。嫌いなわけではないのだから。

「あの自殺未遂、瀉血《しゃけつ》みたいなものだったのかもね、毒が出てったかも。あの人、なんとなくすっきりした顔してるもんね。」

　そんな父を見て母は言っていたが、これからも養育費が入ってくる見込みがついたのでほっとした、とも言っていた。

　母は、父のいたＴＶ局の全く違う部署で事務のパートを続けている以外は仕事をしていなかったので、なかなかの危ない橋を渡っている私たちだ。あのとき父が死んでいたら私たちはどうしていたのだろう？　いくら父が私を溺愛しているからといって、死んだら援助もできないだろうし。

　父は一時期離婚ショックでおかしくなってはいたが、もともとは陽気で人に好かれる人だし仕事もできないわけではないので、若い男のパートナーに誘われて、ＩＴ系の会社の経営を手伝って切り盛りしている。彼には稼ぐ力は人一倍あるのだ。それはそれで才能だと思う。結婚していたあいだ、合わない下町で母とかたくるしい気持ちで過ごしていた分、どうかのびのびと泳いでほしいと願うばかりだ。あんな悲しい姿はもう見たくない。

　ゆるい病棟だったから、見張りの看護師さんの目を盗んで、あの女が父の部屋に何回か忍んできたのであろうことは、想像がつく。

　でも、父の切り替えのすごさは家族でもびっくりするほどで、一回興味を失ったことにはクールでピクリとも心を動かさない。だからもし彼女が再度迫ってきていたとしても、もう関心がなかったのだろう。父が切り替えなかったのは、実のお母さん（父はものすごいマザコンなのだ……おじいちゃんは早くに亡くなり、おばあちゃんは北海道に父の妹であるおばといっしょに住んでいるが、結婚しているときから父は年に三回は実家に帰っていた。北海道というキーワードが父をあの女性に惹きつけたことも想像に難くない）と私たちくらいではないのだろうか。愛情深くないわけではない。ただ、自分の内側に入れたものと外側にあるものの区別が、本人なりにものすごくはっきりしている。

ちなみに母はシングルマザーである私のおばあちゃんに育てられた。そのおばあちゃんは十年前に亡くなっているので、母が明子おばあちゃんに心を寄せる気持ちの仕組みは理解できる。

母は今でもたまに言う。結婚していていちばん安らがなかったことは、浮気なんかではない。確かにそこから派生することではあるのだが、あるとき、彼が切り替えて自分をすっかり見えないものとして扱うのではないか、自分ならまだいいが、もしある日キヨカのことをどうでもよくなってしまったら、どうしようと。今でもそれを夢に見ると身体中がこわばって歯を食いしばって目を覚ますくらいで、あの恐怖に比べたら離婚なんてなんていうことはない、と。

一回だけ遊びにいった六本木のマンションは六本木ヒルズの廉価版という感じで、寝室の窓の外には隣のマンションの壁が見えた。それでもリビングの窓からは色とりどりの美しい夜景が見えて、あまりにも父にお似合いなので嬉しくなった。もしあのとき死んでいたらお似合いもなにもなくなってしまうのだから。

父の見た目は、娘の私が言うのもなんだがなかなかかっこいい。よくできたバランスの顔と体をしている。母もそこその美女なのに、なんで私はこんなに普通の見た目なのかよくわからない。目元は父に似ているねとよく言われる。父は芸能人で言うと、マイケル富岡《とみおか》のような感じだ。生粋の日本人なのだが、ちょっとハーフっぽい。母はだれもが認める夏木《なつき》マリ似。たとえの中の全ての人物が昭和なのが下町っぽい感じがする。

「お父さんにお似合いだね、この場所。水を得た魚っていうか。」

私は言って、父がまんざらでもなさそうににやにやしているので、良かったなと思って、いっしょに近所の有名なお店で鶏煮込みそばを分かち合って食べて帰った。母には鶏の唐揚げをテイクアウトして。そうやって両親のバランスを取るのがひとりっ子の仕事なのだ。離婚した後まで続くなんて思わなかった。

「あ、炊飯器の後ろに落ちてた。けっこう長い間捜してたんだ、これ。」

つまみのように食べていた唐揚げのパックを片づけながら母が言って、きらりと光る金色の小さな四角いオルゴールを取り出した。

「なつかしい、それ覚えてる。」

私は言った。小さい頃よく鳴らしていたオルゴールだった。気に入って、鳴らしながらいっしょに寝たりしていた。音楽が終わる前に眠りたいといっしょうけんめいになったことをかすかに覚えていた。

ふつうはぬいぐるみや人形と寝るのに、私は四角い箱と寝ていると両親はよく笑っていた。

母は懐かしがって、何回もそのオルゴールを鳴らした。

ドビュッシーの「月の光」が流れてくる。

私の胸に懐かしく淡い光が満ちてきた。

そうだ、これを聴きながら、私はまるで練乳を舐めるようにフォローアップミルクをスプーンで舐めていたらしい。

その頃の私はいったいどこにいるんだろう?と私は思う。その私はたとえ記憶がなくても、今の自分の身体の中に入っているのだろうか？　この曲を懐かしく感じるのだから、きっとそうなのだろう。

だとしたら、今の私だけを私と思っている私は、なんと傲慢なのだろう。生きてきた日数だけの私の総意を代表してることも知らずに。

そんなことを思った。

母が最後にねじを巻いた分の音がゆっくりと途切れて、音符は空間を最後まで浄め続けた。

母はもう片づけものに入って、よく聞こえないひとりごとをぶつぶつ言っていた。そのひとりごとの声さえも私の内面を浄化した。

母がてきとうにそうじしたまだらっぽい床も、天井のライトに光るテーブルクロスの柄も、いつも母が飲んでいるビタミン剤の瓶も、今の私がきっと心のどこかにくまなく刻んでいるのだろう。そう思うと、急に全てが懐かしく思えてきて、未来の私が今の私を見ているような、そんな感覚が襲ってきた。

耳の中ではまだオルゴールの音が鳴っているようだった。

ドビュッシーは、こんなに遠い未来に、私たちの愛に満ちた家の中を、思い出という旋律を足されて自分の音楽が流れることなんて、想像さえしていなかったに違いない。

そのよく晴れた土曜日の午後、いつものように「気のそうじ」をしようと少し早めに自習室に行ったら、友おじさんが見知らぬ女性につめよられていた。見たことのない人だった。

あまりに誰も見たことがないから架空なのではないかと言われている婚約者か？と思ってよく見たけれど、どう考えても違うようだった。髪の毛がきちんとセットされた、きりきりした様子の身ぎれいな若い女の人だった。三十代後半くらいだろうか。

あまり聞いてはいけないと思って、私は自習室の中にさっさと入った。

オリーブの木に霧吹きで水をしたたるほどかけて、きれいにぬぐって、ついでに床を拭く。雑巾を洗う。本棚の本を並べ直し、はたきをかけてモップで床を拭くのが手順だ。

その途中で友おじさんが見るからに「うんざり」という顔をして部屋の中に入ってきた。友おじさんはなんでも素直に顔に出るからとても面白いし、いっしょにいて楽だ。いろいろな形で気持ちを隠したり、思ったことを言わない人がいるが、そういう人と話しているとおしりがもぞもぞするから。

「あれ誰?」

私は言った。

「いきなりのあれ誰?ってすごいね、間合いが最高だね。」

友おじさんは言った。

「この世のみんながキヨカちゃんだったら、戦争はなくなるよね。」

「急に聞くなんて失礼だ、っていう人もいると思うよ。」

私は笑った。はたきをかけながら。

何かをしながらする会話のほうが、向き合ってする会話より好きだ。カフェなどでしっかりと向き合うと「さあ会話しなさい」って感じで息がつまる。さあ会話しよう!っていうときにはいいと思うんだけれど、私にはまだ早いみたいだ。

「俺にはなんの関係もないんだけど、あの人最近地上げで肉屋さんがたたんだところにできたマンションに越してきたそうで、ようは新さんに対する苦情だった。あんな怪しい人がこのへんをうろうろしてることをどうして近所の人は黙認するのかって。」

友おじさんは言った。

「そりゃまた大きく出たね。あんな地元のレジェンドに対して。私なんてほとんど生まれたときくらいから同じようにあの人はいるから、ある意味植物のように受け入れてた。」

私は言った。

「確かに、挨拶してもうなずくだけだし、会話は成り立たないし、常にそこに立ってるし、初めて見たらちょっと気味悪いかもな。」

友おじさんは言った。

「でも、害はない。なにが気に入らないんだって？　害があると思ったから？」

私は言った。

「あの人の小一の娘さんが塾の帰りにここをひとりで通るから、あんな怪しい人がうろうろしていると怖いって。でも、俺に言われてもなあ。せめて飯島さんに言ってほしいなあ。ああ、飯島さん強面だから、言えなかったのだろうか。言いやすい俺に、遠回しに、伝えてくれっていうようなことかな？」

友おじさんははっとしたように言った。

「そうだ、それだよ。」

私も言った。

「でもなあ、なにを言っていいやら。」

友おじさんは言った。

あらかじめあるものの意味を問う、それほどむつかしいことはない。そもそも意味なんてないからだ。あの誘導にも、新さんの存在にも。ただ、生きていることが仕事。それでいい、みんなが許容している。それに不審者や見かけない人がいると、新さんは堂々と「どなた？」とだけ言う。それが役立っているのだ。忙しい人ばかりの今の世の中、たいていのお母さんだって昼間働きに出ている。ただそこに一日中人がいるということがどれほど防犯に力を貸しているか、計り知れない。

「確かに。飯島さんに、越してきた人が不安に思ってるけど、新さんのお仕事をちゃんと説明しておきました、って言ったら？」

私は言った。

「ちゃんと説明できるかどうか微妙だけれど、そうしてみる。」

友おじさんは言った。

「新さんが、娘をじろじろ見るって言うんだよ、あのお母さん。」

「それを言ったら私もじろじろ見られるし、あそこを通る人はみんなじろじろ見られるんだけど。だってそれが新さんだから。」

私は言った。

「その、いやらしい目で見てるんじゃなくて、ああいう人なんだっていうニュアンスが、長年見てない人にはどうにも伝わりにくいんだよねえ。」

友おじさんは言った。

あとはそれぞれのことを、黙々とやった。

ちょっとほこりがたまっていた隅っこを拭いて、そうじが終わったので私はそのまま宿題の世界に入っていった。数人の人がやってきてはお茶を飲んで去った。挨拶を交わしたり、ちょっとしゃべったり、漢字を教えあったり。募金箱にちゃりんと落ちるワンコインの音。静かに流れるクラシック。

もしも私がいつかこの街を出るなら、こんな時間がどんなに心の栄養になっているか、思い知るだろう。

そして行った先で私も、そういう空間をだれかと作るだろう。

でもそれはまだまだ先のことだ。今はのんびりとここで暮らす。それが許されている。

外で響いている新さんのオーライの声を聞きながら、そう思った。

だいたい、街にいつもオーライという言葉が流れているのも、言霊的にはそんなに縁起の悪いことではないし。

それから一週間後くらいのことだっただろうか、私が自習室を出て家に帰ろうとしたら、薄暗がりで新さんがふたりの警察官に囲まれていた。そばに飯島さんも立っていた。

「ずっとここにおった。仕事をしとった。」

新さんは言った。

「そうは言ってもね、あんたが子どもを連れ回したって言ってる人がいるんだよ。」

警察官が言った。

「子どもはたくさんおる。ここらへんに。私は自分の仕事をしとった。」

新さんは言った。

私は近くに行ってなんとなく聞いていた。飯島さんは私の目を見て、やれやれ、という顔をした。飯島さんは子どもをとてつもなく大きな心で子ども扱いしてくれる人だが、こういうときはちゃんと対等に扱ってくれる。あっちに行ってろ、などという人ではない。

私は黙ってうなずいた。

新さんにそんな凶悪なことができるはずがない、そう思った。特にいいこともしないが、毎日すると決まっていること以外のことをわざわざするはずがない。

「あのね、おまわりさん。この人はね、頭のねじのつくりが少し人と違うんだ。昔っからここにいて、俺が面倒見てる。それで、この駐車場は狭くて軽トラやなんかを入れにくいし、子どももたくさんいるから、安全のために誘導の仕事を手伝ってもらってる。それ以外になにか企てることなんてできやしない。」

飯島さんが言った。強面なのに声は丸く低く優しいのだ。

「う～ん、でも先週の金曜日の夕方にね、新さんと子どもを見かけたっていう人がいるんだよねえ。遠目だけど間違いないって。」

警察官は言った。

そのとき、私の頭の中につるつるつるっと浮かんできたのは、あの光景だった。

「あ、おまわりさん、違います。私見ました。」

私は言った。

新さんは私をいつも通りの鋭い目でじろじろ見た。かばってあげてるんだっていうのに。

「なにを？　そもそも君はだれなの？　近所の人？」

警察官たちも私をいっせいにじっと見た。

「この子は、裏に住んでるキョカちゃん。小さいときからこの界隈にいる。」

飯島さんは言った。

「その日の夕方、私は、そこの『自習室』っていう私塾みたいなところから家に帰るときに、大学生くらいの男の人と、小学校の低学年くらいの女の子が手をつないで歩いていくのを見ました。新さんみたいに、首が前に出ている姿勢の人だったので、間違えたのではないでしょうか。新さんをそのすぐ後ここで見かけましたから、別人なのは間違いないと思います。」

私は言った。

「うーん、今日はこのあたりのみなさんのお話を聞くことと、軽く注意をしにきただけなんだけれどね、とがめるとかではなくて。あなたも誤解されないように注意しなさいね。」

警察官は新さんに言ったが、私の発言で一気に新さんに対して気を抜いたのがわかった。

「なに言ってんだ、悪いことなんてしちゃいねえ。あいつが女の子連れて倉庫に来たから帰れって叱ってやっただけだ。」

新さんは言った。いつも怒ってるみたいなしゃべり方なのだ、彼は。そしてこんなときにはそんなことが不利だなんて、考えもしない。

「とにかく、若い男の人と小さい女の子、その組み合わせが奇妙だったので、覚えているんです。調べてください。あと、その子のお母さんにこのことを伝えてくださ い。」

私は言った。

翌日、友おじさんにその話をしたら、

「そうなんだってね。」

と友おじさんは言った。そして続けた。

「お母さんがあんまり強く『あのおじさんに連れていかれたんでしょ?』ってつめよったから、お嬢さんもなにも言えなかったみたいだよ。犯人は隣町からこの街の予備校に来てる浪人生だったみたい。お嬢さんは怖くなって手を振りほどいてすぐ逃げたそうだけど、この近道を抜けていっしょにコンビニに行こうって誘われたらしい。」

「キモっ! だってほんとうに手つないでたよ。」

私は言った。

「そんなのがこのあたりに来るなんて、時代も変わったよなあ。」

友おじさんは言った。

友おじさんの説明によると、あの若いお母さんは新さんに菓子折りを持ってあやまりに来たそうだ。新さんはわけがわからないままうなずいて受け取っていたらしい。

思い込みで人を判断するって恐ろしいと私は思ったけれど、新さんがうろうろしてることは、なにも知らなければ問題ありと捉えられるのは無理もないので、まあ、しかたがないと言えよう。

あの人を許容しているこのへんの人たちのチームワークがすばらしいからなんでもないことなのであって、そうでなかったら、新さんだって追い詰められて性質も変わり、今のように穏やかな性格ではないかもしれないし、そうだったらなにが起きてもおかしくはない。全てが紙一重な感じがする。

「私、目撃しておいてよかった。」

私は言った。

「変なものを見たときって、なにか意味があるよね。なぜだかちゃんと覚えてるわけだし、自分の中で。」

友おじさんは言った。

「そうだよね、私もそう思う。なんていうか、勝手に教えてくれる、空気の方が。」

私は言った。

いつだって空気は私の判断の味方だった。おかしなものの周りは少しだけ歪んで見える。蒸気の向こうの部屋の景色のように。それでわかるのだ。そんな変な輩の後ろ姿を見てしまったことは私の目の記憶から消したいけれど、新さんが長い間いやな思いをしなくてよかったと思った。

それからしばらくして、浪人生は特定されて注意を受け、ただ友だちになりたかったとかなんとか言って反省し、もう近所をうろつかなくなったそうだ。彼が他の女の子に同じことを試みているかどうかは知らないが、警察が出てきたのだから少なくとも抑止力にはなっただろう。

それで全ては元に戻った。

一歩間違えたらとんでもないことに発展しかねなかったそのようなことを、止めたのはやっぱり新さんの存在なのだなと私は思った。新さんが意図を持って映画のように体を張って止めたのではなく、ただいるだけで、転がっていく雪玉みたいなものを片手でついでにふと止めた、そんな感じだと思う。そんな感じの小さなことこそが、重なり合うと奇跡が起きる土台なのだ。

しばらくすると、そのとき疑いを向けてきたお母さんもすっかり地元になじんで、少し大きくなったお嬢さんといっしょに道を歩いているのをよく見かけるようになった。送り迎えをするようになったことも、安心できる。

新さんはありがたいという意見と気味悪い、なにをしでかすかわからないという意見は相変わらず半々で、それこそが新さんの正しい評価、そして立ち位置なのだろう。

新さんが倒れたのは十一月のことだった。寒い中に立っているのが体に堪える年齢だったのだろう、軽い心筋梗塞で入院したのだった。命に別状はないとのことだった。

新さんがいつか「仕事」をできなくなる日が来ることは、みな覚悟していた。そしてそのことをすごく惜しむという気持ちもなかった。必要不可欠な仕事ではなかったからだ。

それでも、それはいつも見ている街の風景からちょうど木が一本減ったような、ガードレールが撤去されてしまったような、そんな淋しさやわびしさだけを私たちの心に与えた。

いつもの風景がなくなる、耳にいつもの音が聞こえなくなる。

それだけのことなのに、空間が彼を欲しているような、そんな感じだった。

それにも人は慣れていく。必ず世界は時間をかけて風景を均していく。

人間の側も、新さんはいないなあ、もう復帰しないかもしれないなあ、そう思いながらだんだん慣れていく。その残酷で優しい道を、人類は何億回通ったのか。

そんな日々の中、いつものように自習室をクリーンにしていたら友おじさんが私に真顔で話しかけてきた。

「特別バイトをお願いしたいんだけど。」

「いいよ。バイトでなくても。つきあうよ。」

私は即答した。

「即答するね！」

友おじさんは笑った。

即答だけが信頼の証なのだ。

「さっき、新さんのお見舞いに行ってきたんだよ。」

友おじさんは言った。

「大丈夫そうだった？」

私はたずねた。

「半分寝てたね。でも、最後は起きて、俺に気づいてくれた。」

「よかった。死んじゃったら淋しいし。」

「話もできたし、大丈夫だと思う。メロンも買っていったし、無愛想ながら喜んでたよ。今ここで切ってくれ、あんたも食べな、って。」

「やっぱり近所の人っていいものだね。大して親しくはなくても、人情を感じるつきあいがある。」

私はしみじみと言った。過去も知らないし、友だちでもない。でも心をこめて時間を割いて見舞ってくれる人がいる、それってすごい。

「ところが、いっしょにメロンを食べながら、新さんがいっしょうけんめい俺に頼んできたことがあるんだよ。飯島さんの家の裏に飯島さんの土地だけどまだ手をつけてない倉庫みたいなビルと空き地があるじゃない？　資材が置いてある。そのはじっこに小さな祠があるだろ？　お地蔵様がある。そこにお線香とお花をあげてくれって、頼まれたんだ。

そう言えば、毎朝新さん、あそこにお線香とお花をあげてたよなあ、って。毎朝はむりだけど、できるときにしますよって言ったら、安心して目を閉じて寝ちゃったんだけど。

だからそれ以上話を聞けなかったんだけど、寝る前にちらほら言ってたのは、犬までいるからなあ、っていうことで、もしかしたら彼の過去に関係があるのかもしれないんだが。

まあ、飯島さんの言うには、彼は流れ流れて東京に来ただけで、元は茨城の人だから、そして東京に来てからは大田区の工場にいて、右腕を機械でけがしてちょっと不自由になってからは、工場長の紹介でうちのアパートに入れたからさ、この場所に過去はないはずなんだけどね、って。謎なんだって。」

いつも心の中で「街」に入れていないような、そんなあの場所を思い浮かべることができた。私は言った。

「ああ、気味悪くてあまり近づいてないところだ、昔から。なんか薄暗くて。」

飯島さんの家の資材置き場がある場所は、ほとんど陽があたらない忘れ去られそうな場所で、そうでなくても薄暗く、小さなビルは倉庫以外のなににも使われていない。例えばシャワーや仮眠室があって人が頻繁に出入りするとか、そういう使われ方さえしていない。しかも倉庫がわりの建物も、倉庫らしい体裁をしていない。もともとの真っ暗く古い二階建てのビルがそのままほったらかしにしてある。

「こんなの持ってると運気が下がるよ」と私はよく飯島さんに言うんだけれど、まとまった金が入ったら更地にしてプレハブのきれいな倉庫を建てるし、アパートももうひとつ作るかもしれないから、そのままにしてあるんだと言われるくり返しだった。公道に一箇所しか面してない私有地だから人も通らず、子どもたちにも決して近づかないようにと近所の親たちが言っている、そんな場所だった。まあ、そういう場所があってこその街というものだし、いつまでもあのままではないだろうことを全員が知っているので、存在している場所だった。あまり評判がよくないとわかっていても飯島さんは祠を壊したりは決してしない、信心深いタイプだ。

それにさすが近所を仕切ってるだけのことはあって、飯島さんはそこを単なる廃墟にはしていなかった。とにかくものが乱雑にならないように整理整頓をしてあり、人が入れないようにしっかり囲ってあり、お地蔵様の前はいつも清潔にしてあった。新さんがいないのでお地蔵様に花やおまんじゅうが供えられていないとは思うのだが、暗くていやな雰囲気ながらも決して放置されている荒れ感はなかったのである。

私はそこに最近行っていないし、通りかかることもないからあることさえ忘れていたけれど、新さんが花を持って歩いていくのを見かけたことは確かにあった。

「わかった、友おじさん、ひとりで行くのが怖いんでしょ。」

私は言った。

「ばれたか。」

友おじさんは笑った。

「ほんと、こういうことにはいいコンビだよね、私たち。」

私は言った。

「ほら、キヨカちゃんは、かゆいところに手が届くようなわかりかたでわかってくれるから。探偵のように。」

友おじさんは言った。

「いいよ、行ってあげる。バイト番外編でね。」

私は言った。そして続けた。

「これってさ、今はいいけど、私が大人になったら、『キャンディ♡キャンディ』のオチとか、『ハチミツとクローバー』とか、あんな展開にはならないんだよね？　だってキモすぎる。」

「うん、俺もそんなものは秘めてないなあ、遠いけど彼女いるし。俺のことだからきっとこのまま彼女と結婚するんだろうし。これだけ仲がいいから、奥底の底の底では他にない相性の良さを感じているかもしれないし、１００％ないとは言えないけど、そんなことになって今の関係性が変わるほうが、いやだな。」

とてもいい顔で友おじさんが言ったので、安心した。

まあ、もともと安心してはいたが。そして少しもがっかりしなかった。

恋してないからだろう。そのままであることの良さってすごいなと思った。

「俺と俺の彼女、その子ども、キヨカちゃんとだんなとその子どもが、みんなここで遊ぶみたいな、そんなのがいちばんいいと思ってるな、キヨカちゃんが未来に遠くに行ってしまうことを想定しないで、すごく正直に言うと。」

私も一瞬、その未来を夢見た。そこには安心しかない。たとえ時の流れの中でなにかが崩れても、こっちにもあっちにも安全ネットがある。それは人間の心が作ったものだ。

「むしろ私たちは『無限の住人』寄りかな。」

私は言った。

「あんなすごいまんが未成年が読んじゃだめ！　それに、あんなふたりになるのもいやだ。いつも痛そうだし。」

友おじさんは笑った。

同じ場所に毎日通い、そこに置いてあるまんがを読んで、特に感想を語り合わなくてもみんなになにかを共有している。そんな場所があることが、街のそして私のような子の人生の澱を、すくい上げている。毎日ちょっとずつ、地味に地道に。

コンビニで買った普通のお線香と、私が家から持ってきたとっておきのお香（それを焚くと空気がきれいになるし、目の前がはっきり見えるようになる気がする）と、お地蔵様にお供えする花を買って、私と友おじさんはその曇った午後、まるで散歩に行くようにその場所に向かった。

向かったと言ってもそこは飯島さんの自宅の裏側で、自習室からでも五分とかからない場所なのだが、途中で空気の層が変わるような感じというか、気配が変わるので遠くに旅をするような気持ちになる場所なのだ。晴れていても曇っているように思える。

砂利道の私道に入ったとたんに薄く頭痛もしてきたので、やはりそこはかつてなにかがあった場所なんだろうとわかった。

今はものすごく古い建物とがらんとした駐車場とその祠があるだけだった。

友おじさんを見ると、やはり決して楽しそうな顔はしていなかった。

小さなお地蔵様は風雨にさらされ顔が薄くなるほど古びていたし、ふつうそういうところにありそうな千羽鶴だとか、よだれかけ的なものもなかった。

持ってきたコンビニの袋に、最後に新さんが供えたであろう枯れた花を捨てて、水を汲んできてぞうきんでお地蔵様を拭いて、新しいお水を花入れに入れて、花を飾った。かぴかぴになっていた線香立てもきれいにして新しいお線香を立てて、景気良く燃やした。私の持ってきたお香も足した。

立ち上る煙の分だけ、頭がぼんやりしていたのが少しすっきりする、そんな感じだった。

新さんのために、友おじさんが写真を撮った。こうしてお供えしたよと伝えればきっと喜ぶだろう、と。

なにせあの人が見張り番をしてくれているおかげで、あの路地は少しだけ平和だからね、世話になってるんだよ、と友おじさんは手を合わせながら言った。そして続けた。

「キヨカちゃん、なにか感じる?」

「なにかが、あの建物のほうから、何回も何回も出てくるの。こちらに走ってくる。」

私は言った。

それがなんなのかはわからない。ただ、こちらにかけてくるのだ、何かが。それだけはわかった。

「ちょ、やめてよ! 怖いじゃないか。」

友おじさんは耳をふさいだ。

「なにキムタクみたいな『ちょ』を繰りだしてんの。言えっていうから、言ったってのに。」

それ以上を感じようとしても、なにもわからなかった。ただ、映画の同じ場面を何回も再生しているみたいに、なにかがすうっと、あるいはバタバタと、そういう感じで建物のほうからこちらにやってくるのだ、くりかえし、くりかえし。

そこには感謝の念も恨みもなく、ただただ再生されているだけ。

「きっと、ものすごく昔に、ここでとんでもないことがあったんだろうなあ。」

私は言った。

私だって怖くないわけではない。でも、そういうことを話しているときの私は、もうひとりの私なのだ。

冷静で、感情がなく、ただありのままを口からすっとしゃべるだけの存在。

「昔って江戸時代とか、そういう感じ？」

友おじさんは言った。

「ううん、もっと最近というか、イメージとしては昭和って感じかなあ。」

私は言った。

「うちの母に聞いて、探ってみる、なにかあったかどうか。なんでここにお地蔵様があるのか。」

友おじさんは言った。そして、立ち上がって倉庫のあたりを眺めながら言った。

「でも、気持ちの問題だとは思うけど、不思議だね。なんだかここにいることがさっきよりも大丈夫になってきた。来たときは逃げ出したい感じだったのに。少し空気がきれいになったような、慣れたような、そんな気がする。」

気づけば薄日が差して、倉庫ビルのボロボロの壁をうっすら照らしていた。

そうしている間にも、私の頭の中のスクリーンというか、私のもうひとつの目には、複数の影が何回でもこちらに向かってかけてくる様子が映し出されていた。いったいなんだろう？　私は思った。新さんの言っていた犬？　犬の霊がいる？　新さんに関係のある犬？　でもこちらに来る影はもっと背が高いし複数の感じがあった。

「新さんにはいったいなにが見えているのだろう？」

私は言った。

「わからないんだよ。だれにも、一生わからないのかもしれないな。」

友おじさんは新さんのための写真に私が写り込まないように、花やお線香だけをアップで撮っていた。ああ、こういうことで信頼というものが育つのだ、と私はしみじみと思った。

小さい頃みたいに手をつないで帰ることはないが、気持ちはその頃と全く同じだった。冬近い空は日暮れが早い。夜の気配が満ち始めていた。こんなところに暗くなってからいたくはないなと私は思った。

「もう帰ろう。」

「帰ろうか。」

ほとんど同時にそう言い合って、私たちは路地をぽこぽこ歩いて去った。アスファルトの明るい道に出たら、さっきまでいた場所は夢のように遠く暗く感じられた。やはり何かがあった場所で、新さんにはそれがわかっているのだろう。それが新さんの過去に関係があるのかどうかまでは、わからなかった。でも、多分ないだろうと私は思った。新さんにとって、それは交通誘導と等しい意味でしかないのだろうと。

私は真実を明かす夢を見たいと神様や天使にお願いしたりはしない。

なにもしないと、いちばん知りたいことだけがちゃんと精査されて知らされる。

だから放っておく。すごく知りたいことがあると、知りたいという気持ちが逆に心の目をふさぐ感じがする。

だからすっかり忘れて生活していた。

数日の間にどんどん冬が近づいてきて、薄手のセーターを出したり、薄くヒーターをつけたりするようになってきた。

そのあいだに、父と母と私で六本木で焼肉を食べたりもした。家族三人でいるときのリズムは、情況がどんなに変化していても変わらない。

タレとって。どっちの？　甘い方。ビールにする？　あ、私、レモンサワー。そんな会話をするだけ。もし私が大人になって家を出たら、遅かれ早かれこの状態になったんだろうな、と私は思った。少し早かっただけなんだな。

そして、自殺未遂をしたあとにこんなにケロリと生活を始められる父にびっくりした。母の言う通り、彼にとってあれはあらゆる意味で、いつのまにか泥沼にはまりこんだ状況をとにかく動かす、血を流して目を覚ますだけの、でも生命の危険が伴うのでもう後戻りはできない、それこそあの父のお相手の女性みたいな、若者のリストカットみたいなことだったのだろう。

そんなふうに過ぎていった日々の中でのある夜の母との会話が、夢と現実の糸をつないだ、そんな気がする。

「新さん、入院してるんだって？」

母は家でのいつものふたりだけの夕食の後にお茶を飲みながらそう言った。

「そうそう、友おじさんがお見舞いに行ってた、メロン持って。」

「なんだかんだ言って、お歳だもんね。気をつけてほしい。でも、いつかはいなくなっちゃうんだろうなあ。今回はその第一歩だよね。」

母は言った。そして私を見て笑った。

「でもさ、今新さんいないのに、あそこを通るとなんか声が聞こえてくるような気がするんだよね、オーライオーライって。」

「わかる、わかりすぎる。姿も見えそうだし。」

私も笑った。

「ってことは、もはやいてもいなくても、いるのといっしょってことだね。」

母は言った。その言葉は奇妙な重みと深みを持って響いた。

きっと彼は、いつまでも、そこにいる。


その夜に、私は夢を見た。

夢の中の私は、雪が降りそうなくらい冷たい真冬の街角にいた。

私はアマリリスみたいな大きな赤い花を持っている。全てがグレーの世界でその花の色だけが鮮やかだった。ためらいなく私はあの路地に入っていく。お地蔵様がない。振り向くと飯島さんの家も建て替え前の古い平屋だった。

お地蔵様はないけれど、私の今の使命は花を置いてくることだと夢の中の私はわかっていたので、お地蔵様のあった場所に花をそっと置いた。そして手を合わせた。

目がかすんで、花の色以外はあまりよく見えなかった。フォーカスが合ってない感じだった。それなのになぜか道端の石はくっきりとその模様までよく見えた。

倉庫になっているはずの建物は私の知っているあの古びた二階建てのビルではなく、普通のアパートに変わっていた。それでも全体の暗くうらぶれた印象は変わらなかった。いつ頃なんだろう、今は。もしもドラえもんがいっしょにいたら、友おじさんの小さい頃など見にいく冒険をするのだが、ひとりだし、この場所から思うように動けそうにないな、そう思っていた。

すると、現在は飯島さんの倉庫になっているビルが建っているところの、夢の中では古い木造アパートであるその建物から、現実で見たのと同じように、何かがこちらに向かってくるのがわかった。初めは影で、だんだん薄く姿が見えてくる。

夢の中ならはっきり見えた。

最初は犬だった。犬が走ってくる。少し毛が長い中型の雑種だ。しかしひどく痩せて、毛が抜けて、傷ましい姿をしていた。そして毛が抜けたところを掻いたのか血の塊がついていた。犬が好きな私はかがんで、犬を受け止めようとする。でも、その手前で犬はふっと消えてしまい、また建物からかけてくる。その無限ループをただ黙ってもどかしく見ているしかなかった。

やがて、みすぼらしい女の人が、建物からまろび出てくるのが見えるようになった。髪の毛が長くて、顔がよく見えないのがいかにも幽霊っぽい。こっちはちょっと受け止めたくないな……と私は思ってただしゃがんだままでいた。その間にも犬はくりかえしこちらにやってくる。

ざんばら髪のその女性は、くりかえしくりかえし転びそうによろめきながら、私のほうをひたすらに目指していた。何かを訴えかけるような雰囲気で、こちらに来ようとする。よく見るとその腕の中に小さい子どもがいた。赤ちゃんか？　それとも幼児？　それもよく見えなかった。霞んでいるが、確かに肌色が見える。

はっと気づくと、私の腕の中に裸の小さい男の子がいた。びっくりして取り落としそうになるくらいリアルな感触だった。赤ん坊のような大きさなのに、もう少し大きい年齢だということがパーツでわかる。その子は両方の目が見えないみたいで、白目をむいている。ぞっとしたが、私がゆらすとにこにこ笑った。奇妙な重みと、棒のような体。かつおぶしみたいな変な匂いがした。

その子がきゃっきゃと笑うごとに悲しくなって、私は涙が出てきた。

なにがあったのかはわからないが、なんて悲しい。

助けてください、私の飼い主を。

どうか助けて、子どもだけでも。

声にならない声が、彼らの必死な動きから伝わってきたのだ。


そこで、目が覚めた。腕の中にはまだあの子どものぬるぬるした感触があった。

そうか……自分が自分の部屋のベッドで寝ていることをゆっくりと確かめながら、私は理解した。

新さんにもあれが見えているんだ。だから、新さんは供養をしようとしているんだ。

自分の部屋の清潔なベッドで毛布の模様を見ながら、父がもたらした経済的安定を感じた。離婚だとか父のくせが強すぎることとか、いろいろあれど私がちゃんと自由に育てられていることに、かつてなかったほどの感謝を覚えた。

あのような人たちが、実際にいるんだ、この世には。あんなにも悲しい、寒い、暗い世界で永遠に助けを求めている人たちが。

「友おじさん、新さんのことがわかった。」

私は自習室の戸を開けて、友おじさんの姿を見るなり言った。

自習室には他にも人がいたので、友おじさんはうなずいて立ち上がった。

「キヨカちゃん、それに関しては俺もおふくろから情報を得てるんだ。ちょうど飯島さんに新さんの着替えを取ってきてと頼まれているんで、いっしょに行かないか?」

私はうなずき、いっしょに自習室を出た。

「着替えまでお世話するなんて、すっかり新さんの担当だね。」

私は笑った。

「俺が今日も見舞いに顔出すって言ったら、飯島さんが今日は打ち合わせで埼玉に行くから行けないんだ、着替え持ってってやってくれないか?って言うんでさ。キヨカちゃんは部屋に入らなくていいよ。」

と友おじさんは言った。

「オッケー。ドアの外で待ってる。」

私は言った。

あたりまえと言えばあたりまえだが、家からすぐのところにあるのに、新さんの住んでいるアパートに入るのは初めてだった。案外広くて清潔な入り口があり、大きな下駄箱があり、靴を脱いで廊下に入るという今はなかなかない形式のアパートだった。廊下もきれいに磨かれていて、飯島さんの整理整頓好きがこんなところまで及んでいるとは、と私はびっくりした。そういえばめったに見かけないが、「おそうじのおばさん」と呼ばれている近所のそうじ好きの人もこのアパートにはいたな、と思い出した。

新さんの部屋は二階の真ん中にあった。

友おじさんは紙袋を用意し、預かったであろう合鍵で木のドアを開けた。中からはちょっとカビ臭いような匂いがしてきた。ちらっと見ると、部屋はきちんと整頓されていた。家具もほとんどなさそうだ。友おじさんは換気のために窓を開けたようだ、そんな音がした。

私はドアの外に立ち、風通しのいい廊下を見ていた。奥に窓があって、少し開いているのだ。外のような気持ちの良さがある。

しばらくすると、友おじさんがあまり顔色良くない感じで、衣類のつまった紙袋を持って出てきた。きちんと畳まれた下着とTシャツみたいな感じ、あとパジャマっぽいものも見えた。

「行こうか。」

私が言うと、

「まいったな。」

と友おじさんは言った。

「とりあえずちょっと話をしよう、角の喫茶店に行こう。」

「いいよ。」

私は言った。

多分自習室の中で話してはまずいことがあったのだろう、と思った。


その喫茶店は古めかしく、サイフォンでコーヒーをいれる昔ながらのタイプの店で、カフェとはとても呼べない。ザ・喫茶店だ。

私はオレンジジュースを、友おじさんはコーヒーを注文した。もちろんマスターのこともく知っている。今やおじいさんになったマスターと、マスターの娘さんが働いている。店の二階が住居なので、地元に根づいている。喫煙席もばっちりとあり、近所のひまなおじいさんが一日一度は寄るタイプのお店だ。

「友おじさん、大丈夫？　顔色悪いよ。」

私は言った。

話があってこういう席で向かい合うのはそんなにいやじゃないものなんだな、と人ごとのように思いながら。

「キヨカちゃんのことを親友だと思ってるから、うそはつかない。でもその話をする前に、うちのおふくろ、やっぱり知ってたよ。あそこで起きたこと。」

友おじさんは言った。

よくスーパーで会うマスターの娘さん推定五十代が飲みものを運んできた。娘さんとちょっと世間話をして、友おじさんは私に向き直った。

「ちょっと待って、私も夢で見たの。あのさ、お母さんと子どもと犬が、あそこで死んだんでしょ？」

あの子どもの重さを手に感じながら、私は言った。

「すごいな、キヨカちゃん。その通りだよ。昭和の最後のほうに、あのアパートに夫によって監禁されていた女とその子どもと犬が死んだんだって。女は犬だけ窓から逃がしたらしいんだけど、犬がきっかけでバレて、夫にみんな殺されて。夫も自殺したんだって。」

「ちょっと毛が長い雑種だよね？」

私は言った。涙が出そうだった。やはり、あの犬は今でも助けを呼びに走り続けているのだ。

私と友おじさんは、声をひそめて会話を続けた。

「犬種まではわからないけど、殺されたって。」

「かわいそうに……。」

「母と子どもは餓死寸前で、母親が拘束されていたから逃げ出せなかったって。あまりにも痛ましい事件だったので、かえってみな口が重くなって語り継がれなかったようだ。」

「そんなおそろしい事件が、こんな平和っぽい街角で起きるなんて。」

「それで、あのお地蔵様が設置されたらしい。五丁目の石屋のおやじさんが作ったんだって。」

「さすが、なんか風情があって、けっこういいお地蔵様だもんね。」

「新さんは後からこっちに来たからその事件を知らないし、そのあとそのアパートは供養されて取り壊されて、運送屋の倉庫になって、でもあまり場がよくなかったせいかその運送屋がつぶれて、そのあとで飯島さんのおじいちゃんが土地続きだからって買い取ったらしいんだ。だからその事件は新さんの過去とは全く関係がない。」

「新さんにはきっと、見えてるんでしょうね。」

「なにがどうっていうことではなく、見えているんだろう。」

「なんかいるから、花をあげたり、お線香をあげようって、それだけなんでしょうね。」

私は言った。それは善行でもないし、祈りでもない。やはり彼にとっては息をするような、ある意味どうでもいいことのような、日課のひとつなのだろう。

「そうだな。そういう感じがする。飯島さんだってあそこを不吉ななりに清潔に保ってるし、いつかほんとうに何か建てるんだろうし、新さんはお花をあげてるし、そうやって街って人の小さな力で保たれていくんだろうな。」

友おじさんは言った。そして、急に頭を抱えた。人がほんとうに突っ伏して頭を抱えるところを私は初めて見た。

「……キヨカちゃん、これ、ほんとうはキヨカちゃんの年齢、性別の人に言うべきじゃないことだってわかってるけど、新さんの病室に行く前に誰かに言わないと俺がおかしくなりそうだから言ってもいい？」

私は笑いながら答えた。

「いいよ、どんなことでも。なにせ私は、お父さんが若い女にいれあげて自殺未遂した子だよ。たいていのことは大丈夫。」

「キヨカちゃん、それ笑えないよ、笑っちゃうけど。」

いい笑顔でそう言ったあとで、友おじさんは小さな声で続けた。

「実は、さっき言われた場所からパジャマと下着を数枚取って、それは新さんの部屋が質素できちんとしてたからすぐに見つかったんだよ、衣装ケースの中だから透けて見えてたし。それはいいんだけれど、窓を閉めるときに窓際に置いてあった時計を落としちゃって、慌てて拾ったときにベッドの下を見たらさ、雑誌が積んであって。」

「あ、もしかしていやらしい雑誌だった?」

私は言った。おじいさんとはいえ独身の男性だし、何があってもおかしくないんだろうなと思っていたので、想定内だった。

父がまだいっしょに住んでいたとき、父の部屋にものすごく高級なシリコンでできている、生きた人みたいなラブドールが置いてある時期があった。母は「目が合うとなんとなく屈辱感が湧いてくる」と言っていたっけ。父の言い訳も「サンプルだ、人から預かってる」というとんでもないものだったが、なにをしていたことやら。母の「サンプルなんだったら、汚さないで返しなさいよね」という言葉もよく覚えている。

業界人の両親の下に生まれたから、私はとんでもない耳年増なのだ。

「うん、そうなんだ。雑誌は大切そうに角が揃えて置いてあって、それが、触りはしなかったんだけど、みんなホモの雑誌だったんだよ。」

友おじさんは顔色悪く言った。

「そんな言い方って……今はゲイとか、同性愛とか、もっと違う表現があるんじゃ。」

私は言った。

「俺の世代にはそのほうがしっくりくるんだよ。」

友おじさんは言った。

「じゃあ、新さんは、女の子を連れ出したりは絶対にしないってことだね、ますます。そりゃ、怒るわ。」

私はしみじみと言った。

「むしろまだ俺のほうが危なかったってことか。ああ、お見舞いに行くの憂鬱だなあ。」

友おじさんは言った。やはり男性、意外にデリケートなところがあるんだな、と私は思った。

「望んでないならこれ以上は、親しくならないほうがいいかもね。」

私は笑った。

「うん、素知らぬ顔で、そっけなくいくよ。ああ、話せてよかった。ちょっと立ち直った。」

友おじさんはそう言って、コーヒーをズズズと飲んだ。明子おばあちゃんによく「音を立てなさんな」と叱られている仕草だった。

この街角に流れ着き、まるで置物のように、木のように、壁のように、ただいる新さんの人生やその好みを私は思った。複雑な「人間」というものの内宇宙を。自分の中のなにを解放し、なにを制し、なにを許しているのかを。

まだ性を知らず、環境の中を自由に泳ぎ、ひとつずつ世の中の理を知っていく自分が、この磨き抜かれた木のテーブルの前に、美しいシャンデリアのある店内に、真の友といられる幸運。それがどれほどのものかを、甘酸っぱいオレンジジュースの味とともに、私は再び噛みしめた。

ぼたんどうろう

その女の子が生きてる人じゃない、というのはじゅうじゅうわかっていた。

でもなんだかかわいそうで。

その頬の張りや、ふくらはぎや肘が。今は透けてしまっているけれど、ほんの少し前まではどんなに鮮やかに光っていたんだろうと思うと、やりきれなくて。

あまりにもリアルに、彼女が元気だったときを感じさせられて。

生きていたときと今の状態のギャップが哀しすぎて、あまりにも哀しいから逆に惹きつけられてしまった。

そのときの私は、ふだんと違う日常を送っているというだけのことから、心の隙間が確かに少しだけあったかもしれない。

私はまるで恋をした人みたいに、彼女のことしか考えられなくなって、悲しくなってわかっているのにその姿を追い求め。そんなに深入りしてはいけないとわかっていたのに。

お正月、友おじさんのかなり年下の恋人、さくらさんがしばらく日本に帰ってきていたので、よくいっしょに過ごした。

さくらさんは、ふだんはローマに住んで小さなトラットリアで料理の修業をしている。

仕事が楽しくて、まだ数年は帰国しないということだった。そしてもしかしたら将来的には自習室が彼女の店になるのではないかということも話し合われた。子ども扱いせず、すぐにその方針を知らせてくれたので、私の心にはなんのわだかまりも生まれなかった。

さくらさんが真摯に「今、ここはキヨカちゃんや街の人たちの場所でもあるんだから、急に改装したりしない。必要としている人が来ているのなら、別によそに借りたっていい。ちゃんとそのとき話し合おう」と真顔できっぱりと言ってくれた、その目がごきげん取りのそれでは決してないことを語っていたのもよかった。

年末にはさくらさんが友おじさんの家で、私の人生にはあまりなかった（バブリーな父が六本木ヒルズの、ワゴンで食材が出てきていろいろ選べるリストランテに連れていってくれたときくらい）、本格的なイタリア料理を作ってくれた。

前菜のイカのフリットからしておいしくて、手打ちの見たことない形のパッケリというパスタで作ったナポリ料理なんてもう、そのつるつるの食感が感動的だった。

早く日本に帰ってきてくれないかなあ、そうしたら自習室に引き続き開店前の店のそうじをさせてもらえるかもしれないし、私の年齢によってはその店でバイトもできる。そうしたらこんなにおいしいものがまかないで頻繁に食べられるし、と私はわりとドライに思っていた。

さくらさんは基本的に静かな人で、喜怒哀楽の表し方がちょっと変わっていて、笑顔がきれいで、ほとんどのことにさばさばしていて、しっとりしたしつこいポイントは人と少し違うところにあり（『せっかく戻したフンギポルチーニの汁を捨てるなんて』と友おじさんにくよくよぐちぐち何回も言っていた、小さな声で。友おじさんは『だってうっすら茶色いし、ごみが浮いてるし』と言い訳していた）、小さい体なのに力持ちでどんどん料理を作った。人としてとても好きな感じの人で、さすが友おじさん！と思った。

お礼に友おじさんとさくらさんと明子おばあちゃんをうちの母が作った七草がゆの会に招待した。

そしてうちの狭いリビングで、刻んだ七草を塩でもんでお餅を入れるうちの特別なレシピで受け継がれてきた七草がゆをみんなで食べた。

さくらさんのその場への異様なまでのなじみようは、もう何十年も近くにいる人みたいな感じだった。え？　まだ結婚してない？　ほんとですか？と毎回びっくりする感じ。そしてさくらさんからは、香水なのか、服にしみこんでいるのか、外国の匂いがした。ちょっとした仕草や眉毛の描き方も日本の同じくらいの歳の人とは違う。外国に暮らすとはこういうことなんだな、と私は実感した。

七草が終わったら、友おじさんとさくらさんは、九州のいろんなところを回って、その後彼女を送りがてらローマに行くと言って旅立って行った。ずいぶん規模の大きな送りがてらだが、そんな生き方ってありなんだな、と私は憧れを抱いた。

自習室は年末年始閉まっていたので、そうじバイトはいずれにしてもお休みだった。

「自習室を開けられるのが来月になっちゃうけど、俺がいない間、たまにそうじに入ってもらえる？」

と友おじさんは言った。

「お安い御用。鍵置いてって。」

ふたりからお年玉をたくさんもらった私はそう言った。

「この言葉は使いたくなかったのだが……今はさくらに全集中！しないといけないのだ。」

友おじさんは笑った。

「そうしてそうして。九州から馬刺し以外のおいしいもの送って。明太子とか。」

私は言った。

「キヨカちゃん、馬刺しだめなの？」

「うん、馬が好きだから、なんか抵抗あってね。ママもそうだよ。ちなみにパパは大好きだったな。」

「じゃ、まとめてなにか送る。カステラとか椎茸とか地鶏の炭火焼とか辛子蓮根とか一口餃子とか。」

「移動コースが丸わかりだよ。でも、辛子蓮根もなくていい。逆にかんころ餅やいきなり団子はあってもいい。」

「けっこう注文が多いなあ。でも、なるべく叶えるよ。」

そんな感じで、友おじさんたちは旅立って行った。

いつも学校帰りに寄る自習室がなくて淋しいということもなく、意外に出てくるかもしれない、と期待していた焼きもちもあっさりとなく、まじめな私は三日に一回くらいちゃんとそうじをし、換気とオリーブの水やりとはたきがけは毎日して、いつでも自習室を開けられるように整えていた。

そんなある午後、そうじをしていたら、窓ガラスのところに女の人が立っているのが見えた。

「今は開けてないんですよ、二月の頭からです。」

と言おうと思ってよく見たら、窓ガラスが光っていたせいではなくて、その人は少し透けていた。私よりも少し歳上の女の子で、制服を着ていて、じっとこちらを見ていた。私がもっとよく見ようと窓に近づいたらすっと消えた。

その顔は印象的だった。肩までのストレートの髪の毛と丸い大きな目がとてもきれいだったのだ。

この世ならぬものを見かけることはよくある。だから、私はちらちらと窓を気にしながらも、そうじを続けた。

そのことが少しだけ心に残ったまま、別の日に学校帰りに近所の公園を歩いて抜けていたら、ブランコに座っている高校生くらいの女の子が見えた。

よく見たら鎖を持つ手が手袋ごと透けている。あ、あの人だと私は思った。自習室の窓をのぞきこんでいた人だ。

「まんま『夏目友人帳』。」

とつぶやきながら、私はまんがの通りに行動してみた。

よく考えてみたらそんなひまがあったことこそが、心の隙間だったのかもしれない。自習室はないし、しばらく友おじさんに会ってない。それだけの違いだったのに、私の心はほんの少しだけ淋しさのほうに寄っていたみたいだ。いつものようには守られていなかったみたい。

ふたつあるブランコのとなりのブランコに腰かけて、ちょっと揺らしたら、彼女は私をじっと見た。私がにこっと笑ったら、ほんとうに嬉しそうににこっと笑い返してきた。

なんで迷ってるんですか?

上には上がらないいんですか?

なにか無念なことでも？

どの質問もとても無粋に思えた。

なので、ただ黙って並んでブランコを漕いでいた。

「大きな音で耳鳴りがして、止まらなくて。ブランコを漕いでると気が紛れて楽なんだ。」

と彼女はぽそっと言った。

きっと、そういう病気で亡くなったんだろうな、と私は思った。頭が痛くなるような病気。そういうことを想像したら、私まで気が遠くなった。こんな寒い公園でブランコを漕ぐのはよほどの元気ものか、死んだ人だけ。

ちょっとだけつきあってあげよう、ひまだし、と私は思って、ただうなずいた。

「学校も行かなくていいし、時間もたたないし、まだちょっとだけのあいだ、眺めていたいものを眺めているの。人間ってきれいだな、木ってきれいだな。木の中を水がめぐっていくのがなぜか見えるの。こんなにもきれいなんだ、って思うの。その流れる線が。じわじわ、じわじわってプランクトンみたいに水が登っていく。葉っぱの先まで流れていく。」

彼女はきれいな横顔で言った。たまに透けたり、一部が見えなくなったりしていたが、いっしょにいるうちに安定してきたように思えた。それとも私があちらの世界に一歩近づいただけなのか。

「かわいい手袋。」

私は言った。

「ママがこのまえの誕生日に買ってくれた。私の彼氏といっしょに伊勢丹に行って買ってきてくれたの。ふたりで行くなんて、おかしいよね。しかもカフェにも行ったんだって。あの内装が豪華で、意外にハンバーグがおいしいところ。ふたりでランチを食べたんだって。」

彼女は手袋を見た。淡いグレーで、かわいい丸い飾りがついている。

私は彼女がそこで泣くんじゃないかな、と思った。

でも、感情はすでに薄くなっているようだった。彼女は猫が刺身を見るみたいに熱心に、ただうっとりと手袋を眺めていた。

なんでこんなに悲しくなるんだろう、と私は思った。まるでこの人の感情が薄い分、私の感情が必要以上に深くなってるみたいだ。死んだのは私じゃない。彼女を愛してきたのは彼女の話に出てくる人たちで、私じゃない。でも、なんて悲しい。

そんなふうにこの街の中にいる、すれちがったことがあるかないかくらいの人たちが、日々を暮らして、入院して、死んで、お葬式をして……今は、その存在は私にしか見えてない。

そういうことを考えていたら、まるで子猫をこっそり飼っているような胸の痛みが襲ってきた。これはいかん。この気持ちに深入りしちゃいかん。

私は思い、立ち上がった。

「またね。」（あなたと違って私は寒くなってきたから、と私は思っていた。）

「うん、またね。また会えるかな。私ねえ、多分もうすぐこのへんをうろうろできなくなるみたいだから。どっかに旅立つみたい。今も夢の中にいるみたいな感じなんだけれど、それはなんとなくわかるので、そのときが来るまで、好きなことだけをくりかえしているの。これから行くのはいいところみたいだし。

ほんとうは今すぐでも行けるのかもしれないんだけど、まだうろうろすることが許されている期間みたいだから、もうしばらく家に帰りたいかな。

これから家に帰って、ママやパパが泣いてるのを見てなんでだかちょっとホッとしたり、あと、歩いている彼氏を見ていろいろな仕草を目に焼きつけたり、していたいんだよね。彼氏は毎日のようにうちに寄って、私の写真に手を合わせて泣いてる。なんで私はここにいるのに、見てくれないのだろう。いろんな細かいことが考えられなくて、私、ばかになってくの。でも、あっちにいったら昔みたいにまた少しはっきりするっていう予感がしてるから大丈夫。」

お姉さんはふつうに笑顔で言った。

死んだ人特有の悔いや痛みがない、透明な笑顔だった。

「耳鳴りは、きっと、もうしなくなってもいいんだと思います。」

私は言った。そして続けた。

「さよなら、また会えたら。」

彼女はまだ微笑んでいた。温かみのある微笑み、きっといい人生だったのだろうことが、伝わってくるような。


誰もいない自習室の窓を開け放ってそうじする。

人の出入りがないと、人の持ってくる汚れもない。しかしそのかわり空間に動きもない。

オリーブの木も、エネルギーを交換できないからおとなしくしているように見える。

こんなときには虫がつきやすい（私があのお姉さんを見かけることも、ある意味虫がついたと言えるのかもしれない。種類は女の子につく普通の虫とは違っているけれど）から、はたきをかけて霧吹きをして、垂れた水を拭いたついでに床も拭く。それは気持ちがいいことだ。

自習室はまた使われる日を待っている。そういう感じが壁から地面からひしひしと伝わってくる。

使っていないとカビるかもと思って、コーヒーメーカーも湯通しして、カップもみんな漂白する。それもまたとても気持ちがいい行為だ。ブシューと音がして、蒸気が湧く。透明な熱いお湯がガラスを清める。

すっきりして明るい気持ちになるのは、ここはまたすぐに使う場所であって、もうなくなる場所を片づけているのではないからだ。

いつかここがイタリアンのお店になるとして、ここのカップは使われないから捨てるか売るとなったとして、記念にひとつ持って帰ってもいい？ともしも言ったら、いいよと友おじさんは言うだろう。

たとえなんらかの合理的な理由でさくらさんがごねたとしても、彼らは話し合って、そしていいポイントで合意して、笑顔で私にくれるに違いない。そして彼らはオリーブの木をここから撤去することになっても、捨てたり売ったりは決してしない。きっと庭に植え直すだろう。

街中に新しくできた老人ホームとはそこが違う。要塞のようなその壁を囲む花壇には四季折々のいろいろな花が咲いている。でも、毎日通っているとよくわかる。花が終わると、花壇からはごっそりと葉と根っこの部分が抜かれ、次の季節の花がポットで大量に運ばれ、開いた穴にぽんぽん植えられる。つまり植えられている植物たちは、根っこがあるのに切り花と同じ役割なのだった。確かにいつもきれいだし合理的だしもしかしたら安価なのかもしれないが、自然ではない。お年寄りの命を長らえて育んでいく考えと、その考えはどこかで相反しているような気がする。深いところで矛盾があると、いかに遠いところのもの同士でも、わずかな違和感で空気の中に濁りが出てくる。

私にとって、雑草のように抜かれて捨てられるかどこか別のところに持っていかれる、そんな枯れかけた花たちの山とごみ袋の景色は、あまり気分のいいものではない。残酷だからではない。関連性がないから、流れが見えないからだ。

だから私は、私の周りにいる人たちの柔軟さと、大切にしているものの基準がとても好きだ。それが私の心の活気をも「続かせて」くれる。

その日も、お姉さんは公園にいた。ひとりで、ベンチに座っていた。

私はその隣に腰かけた。

お姉さんは私を見て、最初ぼんやりした顔をしていたけれど、やがて少しだけ笑顔になった。

「私も、いつだってぼうっとして、何もわかってないわけじゃないのよ。」

彼女は言った。

「たとえば、だんだん、自分がともえ、だったのか、ともみ、だったのか、思い出せないときがあるんだ。だからもう行こうって思う。どこへ？　そこはあまり考えたくないんだよねえ。それがいいところだったとしても。」

「なんとなくわかります。耳鳴り、治りました？」

私は言った。

「少し遠くなったけど、まだ高いピーっていう音がしてるんだなあ。」

彼女は言った。

ああ、そうかと思った。その音はきっとあのときの音。人生の最後に聞く。

私に会うことが、この人にとっていいことなのか、悪いことなのかさえもうわからなかった。でも、姿を見てしまうと近づかずにいられない。

もっともっと、笑ったりバカみたいだったり、インスタグラムにありふれてると人が思うような写真をアップしたり、バスの中ではしゃいで怒られたり、していたんだろうなと生前の彼女を想像した。

あなたになんて私の気持ちがわかるはずがない、未来があるんだから！と怒鳴ってほしいけれど、彼女はただただ薄く微笑んでいた。

「私って今、いるのかな。それとも、もしかしたらほんとうはもうとっくにいなくて、悲しんでいる両親や祖父母や、彼氏や友だちの思いだけが、私を今ここに存在させているのかもしれない、と思ったりするの。ああ、こういうことを話せるってとっても大切ね。ありがとう。だって、好きな人たちみんなに伝えているひまがあんまりなかったから。でも、どんなに時間があっても、頭が痛かったりすると、どっちにしたってきっとうまく言えないもんね。」

彼女はつぶやくみたいに、ささやくみたいに、そう言った。

「もし、よかったら、自習室でお茶を飲みませんか？　私は今からバイトであそこに行くんです。」

私は言った。取り憑かれてもいい、肩に乗ってもいい、それが重くても、私は必ずちゃんと自分を取り戻せる。そう決めた。

「いいの？」

彼女は悲しそうに私を見た。反射的に申し訳ないと思ってしまっているようだった。

「ついてきてください。」

私は立ち上がって言った。こんなリアルな「ついてくる」ってなかなかないよな、と思いながら。

私が歩き出すと、彼女はすっと立ち上がり、静かに私の後ろを歩いてきた。いつ消えてしまうかどきどきしながら（結界のようなものがあるかもしれないから。でも彼女は一度自習室に来ているから、きっと大丈夫だとは思っていた）、私はなるべく普通に歩いた。

自習室の鍵を開け、中に入り、真っ暗い部屋に明かりをつける。彼女は消えずにそこにぼんやりとした顔で立っていた。

私はいすをひいて、彼女に座ってくださいと言った。

そしてゆっくりとお湯をわかしてお茶をいれた。熱いお茶を。

彼女の目の前にお茶を置いたら、カップから湯気がたって、彼女は「わあ」と言って笑った。

そして湯気の向こうに消えた。

私は急に淋しくなって涙が出た。とてつもなくあてどなくひとりになったような、そんな感じがした。

お線香の煙みたいに、湯気がそこに残っていた。


もう会えないのかも、私のお茶が彼女をあちらの世界に上げてしまったのかも、と思いながら、数日を過ごした。

夕焼けの中にちょっとだけ春の気配が混じっているその晴れた土曜日の午後、大勢の子どもたちが遊んでいる砂場を眺めながら、ブランコに彼女を見つけた。

子どもが走ってきてブランコに乗ると、彼女は消えた。そして子どもが去るとまた姿が見えた。

「ともさん。」

私は話しかけながら、隣のブランコに腰掛けて、ゆっくりとブランコを揺らした。周りの人から不自然に見えないように。

「耳鳴りの正体、わかったよ。」

彼女は、横顔のまま言った。

私のブランコが揺れて角度が変わっているのに、彼女の横顔しか見えない。彼女の向こうの植え込みの色がその顔色にかぶってくる。

その表情はよく見えなかったけれど、私は悲しかった。気づかないでいてほしかった。

彼女は言った。

「あれは、私が死ぬときの音。鳴り止まなかったあの機械の音。ピーピーという音がずっと聞こえて、うるさいな、と思ったっけ。

私、生きてることが好きだった。一日でも長く同じような日々を過ごしていたかった。

でもよく言われるように、いらないなら、自殺する人の命をちょうだいとは思わなかったな。

だってそれは人の命でしょう？

私のじゃないもん。私は私の命だけでいい。そして私みたいないい子に限って、早く死ぬんだよね。どういう理由かわからないけど、なにか大切な流れがあるんだろうね。私はそれを心から信じてる。だから、運命を恨みはしない。

でも、やっぱりお別れは淋しい。未練たらたらよ。

それに、いちばん悲しいのは、だんだん感情が薄くなっていくことなの。

最初はもう、マイナス何度かの中にいて、風もビュービュー吹いてて、身が切られそう！　そのくらい淋しかったの。悲しかったの。でも、だんだん薄くなってく。思い出もどんどん消えてく。どんなに大切にしていたことも、はっきりと思い出せない。潮時なんだね。

聞いてくれてありがとう。あなたがいなかったら、この期間の私、ほんとに存在しなかったことになっちゃう。ありがとう。だって、この期間の私だって、私なんだから。私がいたこと、確かだったってたまに思い出してね。」

「少しでもお役に立てたなら、嬉しいです。」

私は言った。

私を見るともさんの目は透明で澄んだ水のように深く、ほんとうに感情がなかった。空や星のように、そこにあるだけ。

「そのままでいてね。えらくならなくても、稼がなくてもいい。そのまま育って。」

あなたに私の夢の全てを置いていく、とその目は語っていた。

「機会があったら、私のパパとママに、ありがとうと愛してるを伝えて。これからの長い、子どもがいない生活が、穏やかで幸せでありますように。あと、私のスピーカーを彼にあげてって。彼にも、幸せになってほしい。最初は、彼が他の人とつきあって、私にしてくれたようにプレゼントを選んだり、他の女の人の親と仲良くするなんて考えただけで発狂しそうだった。でも、今は違うの。今みたいに淋しい顔で、思い出の場所にひとりでいてほしくないなって思う。

ありきたりだね、ほんと、ありきたり。そんなことしか言えないのがいちばんのほんとうだなんて、すごい。人の数だけある、ありきたり。」

そうつぶやいて、彼女はふわっと消えた。

そこにはじっと静止したブランコだけが残った。

どん底の気持ちで家に帰り着くと、母がおせんべいを食べながらNetflixで韓流ドラマを観ていた。

こんなに和むことはないな、と私は思った。こんなに救われることはない。ありがたい。母はドラマの内容から思いついたらしきことを、私をちらっと見てからぺらぺらしゃべりだした。

「あんたを産むとき、トイレのカレンダーを見ててさ。毎日。予定日より後の月も見えてた。なにせ一枚に十二ヶ月書いてあるポスターみたいなのだったから。この大きなお腹から人が出てくる？　信じられない。そう思ってた。まあ、厳密にはお腹から出てくるわけじゃないんだけど、そこは置いといて。

とにかくカレンダーの先の月の数字を見て、この月には全て終わってるはずとか、この月には新しい人間がそばにいていっしょに暮らしてる、と思うとどきどきした。でも、全く想像つかない、そう思った。

そしてわかったの。死ぬときも、きっと同じだって。多分来月には自分はいないだろう、でもどうなるかわからない、ぶっつけ本番、体当たり、そのときが来たらやるしかない。そこは全く同じ。違いは、その後をまわりの人に言えないことだけだなって。万が一死んでも意識が残っていたら、きっとあんたたちに言いたくて悔しいだろうな〜！って。私、おしゃべりだから。」

母は言った。

まさに、と私は思った。

たまたま思いを聞けてしまってるけど、私はともさんの家族じゃない。通りすがりの赤の他人だ。そのへんに神様のがさつさを感じる。

「そして、たとえなにかがあって、あんたが今、死んじゃったとしても……まあ、ほんとにはそんなこと考えられないし、そしたら自分も死ぬって思うけど、でもそんなことがあったとしてもね、あれだけ会いたいと思われて人に待たれた経験があったなら、あんたの人生は最初からすでにもう不幸な人生ではなかった、それだけが慰めになる、そう思うんだ。」

ママ、サイキックなの？と私は思った。でも、もしかしたら全てのお母さんが、そういうものなのかもしれない。子どもが今いちばんほしい言葉を言うことができる。わかっているからこそその逆もできるのだろうから、うちは逆じゃなくてほんとうによかった。

「幸せすぎて申し訳ないくらい。」

私は泣きそうになりながら言った。

「ちっとも幸せすぎてないじゃない。パパと私、離婚してるし。」

母は言った。

「あ、そうか。そうだった。」

私は言った。すっかり忘れていた。父はなんとか生きのびて元気でいるし、私はこの暮らしの中で満たされているから。

「でもね、私はこの下町の暮らしややり方をちゃんと受け継いでいるとも言えるし、それが自分の理念だったということは誇らしく思っているけど、結局子どものままだってことなんだよね。自分の親の子どもでいることを、私もパパも全くやめなかったから、離婚したわけでしょ。昔の人はとにかく嫁ぎ先に全てを合わせることができたんだから、えらいと思うよ。だからこそ両家のいいところを次に残していけたわけでしょ。でもさ、これからの時代は、私たちみたいな『大人子ども』でいっぱいになっていくんだと思う。それが進化か退化か、だれにもわからないけれどね。」

白い百合を買い、寄りかかるように埋もれるように、私は勇気を出してともさんの家に行った。ともさんの行っていた高校は制服でわかっていたので、私は思い切ってその学校に行き、事情を少しぼかして話して、家を聞き出すことができたのだ。個人情報の保護でうるさい今日この頃だが、下町にはそういうゆるいところもある。私がどこに住んでいて、自習室でバイトをしているということがわかったら、ともさんの担任の女の先生は、教えるわけにはいかないけど、あの店の脇を入ったところの、ポストがある少し先の、とさりげなく場所とともさんの名字を教えてくれた。それでもう大丈夫だった。

ピンポンを押すと、不審そうな声がインターホンから聞こえてきた。

「どちらさまですか?」

「お嬢さんの、ともさんの、知人です。お花をお供えしていただきたくて。」

私が言うと、しばらくしてドアが開いた。

この人がもともとこの辺の人じゃないなということは、ひと目見ただけで何となくわかった。ドアの開け方とかちょっとした視線の使い方とか、そういうのがもともとこの辺の人と外から越してきた人では違っているのだ。差別とかではない、ただ違う。人としての種類が違うだけ。

「よかったら上がってお仏壇に手を合わせてもらえますか? きっとともみも喜ぶと思います。」

お母さんは言った。

そうか、ともみだったんだ、と私は思った。

自分の名前を自分で忘れちゃうってどんな気持ちなんだろう。よく認知症にかかったおばあちゃんが家を忘れてしまうみたいに、自分の家がわからなくなってしまうそれと同じように、自分の名前がわからなくなってしまうってなんて悲しいことだろう。

ともさんの姿を知っているだけに私にはそのことが生々しく響いてきた。

そのおうちはごく普通の新築の、えんぴつみたいな一軒家で、お父さんとお母さんと彼女が淡々と暮らしてきたんだろうなと思わせるようななじんだ感じがあった。

そしてつい最近に、何もかもが変わってしまったというような衝撃の跡も感じられた。

いろいろ知っている私が勝手に感じただけかもしれないけれど、空気の中にそのインパクトが残っているような、その香りがするような、そんな気がした。

仏間は小さな洋室で、きっと普段お母さんが使っているのだろう。お母さんの洋服がハンガーで鴨居にかけてあって、小さなソファーにクッションが置いてあって、これまで仏間になる予定が全くなかった部屋だったことが伝わってきた。

私はしずしずと部屋に入り、お仏壇の前の座布団に座った。横に花を置いた。百合の香りがむんむんしてきて、この死んだ空間に似合わないように生々しかった。

写真の中のともみさんはにこにこと笑っていて、制服を着ていて、確かに私の知っている彼女だった。でも、写真なのに私の知っている彼女よりもうんと生き生きしていた。きっと昨日話したことを忘れてしまったり、脈絡なく話をしたりしない、耳鳴りがなかっただろう頃の彼女。

お線香をあげて手を合わせたら、なんだか突然悲しくなった。

私はもうこの女の子に会うことがない、そう思った。あんなにたくさんの濃い時間を一緒に過ごしてきたのに。まるでこの世でふたりきりしかいないような気分の中に一緒にたたずんでいたのに。

「あなた、ともみより少し小さいよね？　あの子とどこであったの？　近所だったから？」

とお母さんは微笑んだ。

持ってきてくれた日本茶をひと口飲みながら、私は答えた。

「私のアルバイト先の自習室に、ともみさんが来てくれたことがあるんです。」

「そうなの、その話は全然知らなかったわ。なにちゃん？」

とお母さんは言った。

「キヨカです。」

私は言った。

ともさんにそっくりな顔で微笑んではくれたけれど、お母さんの心は死んでいるみたいで、どんなに会話をしてもとても遠い人に思えた。

きっと私が死んだりしたら、私の母もそんな風になるのだろう。

「あの子ね、急に病気になって急に死んでしまったから、私もお父さんもまだ全然この事実を受け入れてないのよ。だからキョカちゃんの……ごめんなさいね、失礼なこと言って。あなたのね、靴下の裏だとか上着の端が折れているところとか、子どもが目の前にいないと見られないものを見ると、懐かしくてもう本当にたまらなくて。ありがとうね、来てくれて。あの子が近くにいるみたいな気持ち。傷がえぐられるように痛いのに、すごく嬉しくて、いつまででも痛い中にいたいみたいな気持ち。ありがとう、あの子のこと忘れないでいてくれて、ほんとうにありがたい。」

とお母さんは言って涙を拭った。

私は何も言えなくなって、ありがとうございました、ごちそうさまでした、と言った。

そして靴を履き、玄関からそっと出た。

お母さんは、名残おしそうに子どもの女の子である私を見ていた。

最後に私は訪問の目的を、緊張しながら急ぎすぎないように語った。

「あの、ともさんが言っていたんですけれども、もし私が死んだりしたら私が大切にしてたスピーカーを彼氏にあげるって。まあ、ほんとにそうなってしまってそうしたいかどうかはわからないですけれども、そう言ってました。今は悔しいけど、彼氏には、ひとりで思い出の場所に行ってほしくない、幸せになってほしいと思うって。そして私がいない、子どものいない世界でも、パパとママには穏やかに幸せになってほしいって。愛してる、ありがとうって言いたいって。どうしてもそれを伝えなきゃいけないなと思って来たんです。」

生きてるうちに会ってないので設定はうそだけれど、伝えたい用件のためにはしかたがない。

「そうなの、ありがとう。あの子、必死でバイトしてお金貯めて大通りのコジマで何時間も悩んで説明を聞いてスピーカーを選んで買っていたから、どれのことだかわかる。そうするわ。彼にも、パパにも伝えます。」

お母さんは流れる涙をぬぐいもせずに目を見開いたままでそう言った。

なにもしてあげられないし、どんなふうになってもすっきりすることはない、それがこういう時間の淋しさだ。

早く友おじさん帰ってこないかな、と私は思った。

友おじさんやさくらさんの笑顔が見たい。

そういえば友おじさんもともっていう字がつくな、と私は思った。

とも、という字を悲しい気持ちで発しない日が来るのを、今は願うしかない。

帰宅して、夜になって静かになったらたまらなくなって、私はローマの友おじさんに長いメールを書いた。

起こったことをみんな、支離滅裂な順番で、えんえんと。

伝わるというのはわかっていた。どこにいても、彼なら理解してくれる。

返信はすぐに来た。

「それは、友だちになったばかりの人にもう会えなくなった、そういうことだから、生きていく上ではたまにあることだから。

まだ本格的な恋をしたことがないから知らないと思うけど、恋が終わるとそういう感じになるんだよ。もしかしたら人が死んだときよりずっと、生っぽい傷ができる。

それが予行演習なのか、それとも単なる寂しい出会いだったのか、今のところ俺にはわからないけど、その透明で消えちゃいそうな気持ち、これから人生できっと何回も味わうんだよ。」

いやだ、そんなの味わいたくない。もうこんな気持ち二度と。私は読みながら思った。

友おじさんはまるで私のその気持ちを読み取ったかのように、続けて書いていた。

「どうしたってそういう思いをするのが、生きていくってことなんだよ。

でもしばらく時間が経つとやっぱりあの人と出会って良かったな、と思うものなんだよ。

俺だって最近になって、別れそうにない人といっしょにいて、やっとそういうことがわかってきたから、偉そうなこと何も言えない。でも今は、ただ暗い気持ちで過ごすしかないんだ。しょんぼりしてるしかないんだ。だんだん薄れてきちゃうんだけど。」

私は書いた。

「うん、わかるよ。ただ、今は淋しいから、早く帰ってきてほしい。写真いっぱい見せてね。あ、わかった写真送って。それだけで気分が違うかも。今の自分になれるかも。」

時差を超えて、翌日返信が来た。写真も添付してあった。

後ろに卵城が見えるナポリの海岸を背に立っているさくらさんの顔は夕陽に照らされてぴかぴか輝いていた。後ろには信じられないくらいきれいな青空と光の競演。空に天使が見えるようだった。

「絶景にたたずむさくらの写真いっぱい撮ったから送るよ。自習室の留守をよろしく。『とも』繋がりのそんなすてきなお客さんが来てくれたことを聞いたら、すごく光栄で、嬉しく思ったよ。」

そう、今のところ、ともさんの思い出は私にとって、心に刺さった小さな棘みたいだった。

毎日の中で、できれば忘れてしまいたいような、胸の奥がギュッとなる思い出だ。でも友おじさんの言うとおり、やっぱり会わなかったよりは、今のほうがいいと私は思うのだ。

たとえば、いつか私があちら側に行ったときに会いたいとか、親切にしてほしいとか、案内してほしいとか、そんな気持ちでは全くない。ふだんの私に幸運を、金運を、恋愛運をさずけて、守って、そんなものもひとかけらもない。

よく見かける人が引っ越していってしまったような、少しぽかんとする気持ち。

迷子を保護してお家に連れていってあげたような、気持ち。

見過ごさないでやっぱりやってよかった、ちっとも嬉しい気持ちにもならなかったし、すっきりもしなかったけど、彼女にまつわる全ての行動ができて本当に良かったと私は思うのだ。

私の輝かしい、幸福な少女時代の、それは小さな傷のような、消せない不安のようなそういう色を帯びた思い出。

でも私の中で何かが変わった。人生が有限だということを、自分の汚い靴下の裏がだれかにとってはなによりも懐かしいものに変わりうることを、実感したというだけだけれど。

こうしている今も、この街の中にさまよっている霊たちがたくさんいる、だから才能を活かしてまただれかを助けてあげたい、とかそういう前向きな（それって前向きなのかな、とも思うけれど、とにかく全く興味がない将来像だった）ことでは全くなかった。

なににも続きはしない、切なく贅沢な体験。

縁、出会い、ただすれ違った。そんなようなこと、それだけのこと。

なのに、なぜかそれは父をたぶらかしたあの変な女の思い出よりずっと強く透明に、意味をもって心に刻まれた。

婚活

自習室がなくなる日が来ることは、誰にでも死ぬ日が来る、とわかっているのと同じような感じに捉えていた。

そもそもずっと続くものなんてこの世にないし。

今や遠い過去のことのように思える両親の離婚は、私の根っこにその感じをしっかり植えつけてくれた。空を見上げて雲が流れていくのをただ見ているように、見ているしかない感じを。

淋しいような、でも芯のところからうんと自由にしてもらえるような。

八月の暑い盛りだった。クーラーで冷やしてもガラスの面が多い自習室は全然冷えなくて、みなうっすら汗をかきながら、冷たい飲みものを飲んでしのいでいた。

あまりの暑さにコーヒーを淹れる人さえいなかった。氷まで常設するほどの予算はもちろんなく。たまに誰かがロックアイスを買ってくると、ゾンビのように群がって自分の飲みものに入れるという日々。

その、自習室での最後の夏、遠くにいつも蟬の声がしていたのを一生忘れないだろう。私がこれからどんな人生に漕ぎ出していったとしても。

「この冬、さくらがローマから帰ってきたら、俺たちは結婚する。そしてこの場所を少し違う形にするつもりだ。今のままの自習室は来年の二月までにしようと思う。さすがにおふくろも少しずつ弱ってきたし、少しだけ形を変えるつもり。」

友おじさんはつとめて（それが透けて見えたし、透けて見えてることをおじさんもわかっていたけど）さらっと言った。

友おじさんがそれを口にしたとき私は少し動揺した。その動揺だけがこの場への愛着の証だった。悲しくはなかった。ついに来たかと思っただけ。

「嬉しいのと、ショックなのと、いろんな気持ちを、まさか今日この日に感じることになるとは思わなかった。でも、なにより、おめでとうございます。」

私は言った。そして続けた。

「あと、明子おばあちゃんが弱ってきてるの、わかるよ。動きがゆっくりになってきたもんね。まだまだ頭はしっかりしてるけど、時間が経ってるのすごく感じてる。私もなるべくお手伝いします。」

地元の公立高校にすんなり入ったばかり、部活はしていない、大学受験はまだ先。大学に行くかどうかも謎。お金は欲しいからバイトはいくらでもしたい、そんな時期だった。

またひとつの時代が終わる、そう思った。そういうことは、どんなにあがこうと必ず来る。明子おばあちゃんが歳を取っていくところを見たくない。元気そうな一日があるとホッとする。どこかが痛そうだと怖くなる。でもいつか私は、母に関してもこの思いをするのだ。ここに焦点を当てたら人生ってなんてキツいのだろうと思う。

全てがうつろうこの世の中で、なるべく何にもしがみつきたくないけれど。

私もきっと忙しくなるから、子ども時代のようにいつもここにいられるわけじゃない。でも手に持ったふわふわのはたきが、ここでなじんだ全てのものの感触と別れがたい、楽しかった、と伝えていた。

それでも大切に世話したオリーブの木を、決してこの人が捨てはしないということがわかっているのはなんと心地のよいことだろう。現代ではなかなか得られないその安心はいつも私を包んでいた。

「キヨカちゃんのそのなんでも受け止める能力、すごいね。」

友おじさんは言った。

「親が離婚してるから。それからお父さんは自殺未遂してるし。」

私は言った。そしてふたりで力なく笑い合った。

自殺未遂っていう言葉はものすごいインパクトを持っている。まるで父がいることを一回あきらめたかのような感じがするし、重大犯罪を犯した人みたいでもある。しかし実際は何もかも日常にまみれてそんなでもないし、なんと言っても父は生きている。いろいろどうでもよくなり、言葉だけが我々の間に墓石みたいにずっしりと残っていた。

友おじさんは計画を語った。

「最初は窓のところに窯だけ作って、昼だけ、ひとりぶんの小さい包みピザを売るだけの計画なんだけど。親父の蔵書やまんがはこのまま置いて、ひとりで来た人が読めるようにしておきたい。お酒を出すと面倒なことも多くなるから、ひとり一杯とか。あくまでカフェって感じで。」

「あんまり今と変わらないね。私はもっと、ここをバリバリのレストランにするのかと思ってた。」

　私は言った。

「さくらはトラットリアを開ける腕前だけど、それだと調理はひとりしかできないわけだから、俺はやることがあまりないし。店にあまり深くかかわって忙しくなりすぎると俺の人生の展望とはなにか違ってきちゃうから。それに俺、客商売についてはよくわかってないから、ほんとうにヒモになっちゃうか、あるいは繁盛しなかったら負債を抱えて家を売るとか、もっとまずいことになるから、そのへんはとりあえずそれぞれ行こうってことになって。いいんだ、場があればなんでも。

　さくらは、もっとちゃんと毎日料理がしたい人物なんだ。だから、夜は他の店で働きたいって。でも俺は、せっかくだから作り置きでもいいし、教われればできるので、さくらに金を払うから、なにかコラボしたいって思って、昼だけここでなんか作ってもらうことにした。

　完璧主義だから作りたてでないといやだって言うので、そこだけが困ったところで。作り置きはしないって言うんだよ。俺は別にいいのに。まあ子どもができたら俺がここで子どもを夜見てればいいし。うう、楽しみ。」

　友おじさんは忙しいのと値段が高いのを嫌う。それらを憎んでいると言っても過言ではない。

この分だとそのうちベビーシッターのバイトも増えそうだし、かかわっていたら一生バイトがなくなることはない人たちだわ、と思いながらうなずいた。

もちろんそれは私にとっては助かることだった。コンビニや普通の飲食店で働こうとしても、そこでなにか変なものを見てしまうと、面倒で行く気がなくなってしまう。人間関係の裏も全部見えてしまう。

私にとっては普通に身を守るための大切なことでも、周りから見たら気まぐれあるいは根性なしに見えてしまう。そのへんの社会的なバランスを私はこれから本気で見つけていかなくちゃいけないのだな、としみじみ思っていた。

全然退屈じゃないから、一生ここにいたってかまわないのだ、私は。私は私を深めたいだけで、見聞を広めたいわけではない。

いつか友おじさんたちにベビーシッターとしてくっついてローマに行こうという野望くらいは持っていたが。

そこまでファッションに興味がないから服もそんなにいらないし(父と食事をしたら帰りに六本木ヒルズで、着せ替え人形をして父を喜ばせていると結果お姉さんっぽい服を買ってくれるし)、人生に惑っていない。進路が勝手に私に寄ってくる。なんという恵まれたことであろう。

「この窓のところにカウンターを作って、後ろに簡単な厨房を作って、立ち食いカウンターだけちょっと置こうかな、って。改装期間はやることなくなっちゃうけど、よかったらまたバイトしてよ。そうじか、接客か、販売かまだわからないけれど。デリバリーはひとり暮らしのおじいちゃんおばあちゃんか、体の不自由な人にしかやらない。それも公にはうたわないで。とにかくゆるくいきたいんだ。そこはさくらも同意してる。僕たちは価値観だけは似てるんだ。」

友おじさんは言った。

「さくらも、キヨカちゃんがいたら安心だって。バイト代が安いのだけが申し訳ないが。」

「もちろんです、部活をやる気もないし、受験はそんなに大変じゃないから、ぜひぜひ。」

私は言った。最初のうちは人件費がかかることを避けるとかではなくて、私込みで計画してくれているのが、ありがたかった。

そうは言っても子どもができたら、私は彼らの擬似娘じゃなくなる。そこにはちょっと胸がきゅっとなったが、極めて自然な移行だろうし、かわいいものが増えて関係が悪くなることはこの界隈ではないだろう。

この人たちといっしょなら、いつも楽しい。そう思った。

「なんだったら、一生手伝いたいくらい。」

私は言った。

「うん、できれば一生手伝ってほしいくらいです。」

友おじさんも言った。

ふたりが同じくらい本気でそう思っていることを、私はわかっていた。

「ところで、俺が結婚するのちょっとは淋しい？」

友おじさんは言った。

「またそんなことを。だって、さくらさんでしょ？　もしも他の知らない人だったら、少し淋しいと思うかもしれないけど。」

私は言った。

「だから、世の中には『キャンディ♡キャンディ』や『ハチミツとクローバー』みたいなこともあるって。一抹の夢を抱かせて。憧れられたいもんなんだから。」

友おじさんは言った。

いずれもいろいろありながらかなり年上の保護者のような人を愛するようになる乙

女の話で、自習室にはいずれも全巻揃っているので、友おじさんもみっちり読んでいる。しょっちゅうたとえに使うところを見るに、彼の心によほど深く響いたまんがたちなのだろう。

「ないね。友おじさんはタレ目だしたぬき顔だしツンデレじゃないし。私は吊り目のツンデレにしか心動かないんだ。見た目に弱いのは父譲り。友おじさんはパパよりもずっとずっと私の保護者だよ。でもさ、今の時代はそういうこと言うだけでパワハラのモラハラのセクハラなんだから、気をつけて。」

私は言った。

「そ、そう。ちょっと緊張して知らせたのだが、気が抜けたなあ。でも、ほんと、先のこともいろいろわからないし決して縛りたくないから強く言えないけど、ここで働き続けてほしいんだ。」

友おじさんは言った。

「もちろんお役に立てるなら、なんでもお声がけください。安くても、おそうじだけでも。だって、絶対に楽しいもん、ここにいたら、毎日楽しいよ。何が起きても。」

私は言った。

そんなすてきなことだって、ひとりの経済バランスが狂ったら大きく狂うことをよくわかっていた。でも、きっと知恵を出し合えるし、時間をかけて解決できる、それも信じることができた。信頼がいちばん頼もしいが、それを手に入れるのがこの世でいちばんむつかしい。

「そうだな、このメンバーなら入れ替わったり抜けたりたいへんなことがあっても、キヨカちゃんが別の街に住むようになっても、なにかあれば助け合えるし、会えばすぐ楽しいだろうし。みんなよく出会ったものだよ。人生って不思議だよなあ。」

友おじさんはしみじみと言った。

もしもこのご家族にたまたまめぐりあえていなかったら、私も母も父に振り回されて、今もがまんして都会のど真ん中で生活を送っていたかもしれない。そう思うと、彼らの地道な生き方が私たちを救ったわけで、心から感謝している。それって実はすごいことだ。

「友おじさん、それより、結婚するってどういう気持ち？　嬉しい？　眠れないときある？」

私は言った。

「恋愛の最初の頃は辛かった。絶対に遠距離になるってわかっていたし。辛すぎてもう投げ出したくなったこともあったよ。行きの空港が大好きになって、帰りの空港が大嫌いになる。空港まで行く別れの道の気持ちにはいつまでたっても慣れなかった。二度と味わいたくない。でも、麻痺させたんだ、しかたがないから。遠距離恋愛って、心がいつも半分くらい暗くて、失恋したみたいなんだよ。

疑うとか、そういうのだったらまだいいと思う。お互いを思っているのに遠くにいる感じっていうのは、連絡を取れば取るほどキツくなる。とにかくもう遠恋がしたくないんだ〜！　結婚がどうとか責任とか子どもとか、わかんないよ。ただひたすらに遠恋がしたくないだけなんだ。遠恋をするくらいなら、もう一生恋をしたくない。」

友おじさんは、手のひらで心臓のあたりを押さえて、実際に胸が痛いような顔をした。

「そうか……結婚したいほどの人を見つけても、いつでも安心した気持ちっていうわけじゃないんだね。恋ってそういうものなんだ。あんなに淡々と行き来しているように見えたのに。」

「泣いたりしょげたってしょうがないっていうのが、いちばんキツいところだったんだ。」

「でもやっと帰国が決まって安心したときには、熱い恋は消えてるんだね。憧れ強めな私の年代には、まだまだわからないことばかり。」

私は言った。いかにも伏線という感じの会話だったと後に思った。

思春期って、思っていたよりかなりめんどうくさい、と私は思い始めていた。

まず勝手に自分の肌の質感が変わっていく。

棒のような男の子のようなフォルムだった手足や胸の質感が、しだいに丸くなりしっとりとしてくる。太ももなんとなくムチっとしてきた。胸はあまり育たなかった。まあ私は勘がいいから先取りしてわかるのであって、外側から見ていたらその変化にはまだ全く気づかないだろうと思う。

そうなっていく兆しが、私の体の中から青写真が実現していくようにじわじわと出てくるのだ。

これは困ったなと私は思った。

形のほうから変わられてしまったら、なすすべがない。

勝手に湧いてくるものだから、はじめてのこととして対処していくしかない。

たとえば初めて生理が来たときなんて、対処の仕方がはっきりしているから別によかった。これまで通り生活の一部として粛々と対応していくしかない。いつか子どもを産む気があるならなおさらだ（私は赤ちゃんが大好き、幼児より赤ちゃんが好き。人の家の子でもいくらでも預かっていられる）。キープするべき事案なのだ。

しかし内面の問題やエネルギーの問題はなかなか調整ができない。

なにせ、昔の時代だったら結婚したり子どもを産んだりしているような、もうそんな年代なのだ。理性でなんとか押し込めようとしても、自然の流れだから無理があるのだろう。

ここまで精密に分析してみても、私の中に行き場のないものが芽生え始めているのを感じていた。

それは友おじさんには決して向かわないし、節操がなくどうしようもない父の気持ちがわかるようになった、というようなことでも全くない。私は私で普通に私の周りの人を好きでいる、生活も変わらない。ただ体が勝手にそういう時期だ、という感覚だ。

それとこれがどう関係があるのかまだ分析できていないのだが、思春期に入ったと感じてから、やはり霊的なもの、しかも暗いものを見ることが多くなった。

変な場所に行くと、つい変なエネルギーを拾って帰ってきてしまう。

今の私はきっと磁力の強い磁石なのだ、そう思った。進路が勝手にじんわり寄ってきてくれるのとは訳が違う迷惑な話だ。

こんな事は生きているうちにやがて過ぎていくということもわかっているが、あと何年間ぐらいこれが続くのだろうと思うと、気が遠くなった。

それだけが困りものだ。変なエネルギーを拾ってくるとしばらく頭が痛かったり、目が霞んだり、肩が重かったり、ひどいときには吐き気がしたりお腹を壊したりする。こりゃ困った、と私は思っていた。

そんなことになりませんように、と怖がっているとますます変なものに引き寄せられてしまう。

そうじをしていると自分にくっついてきた変なエネルギーがスカッときれいになることがあり、どちらも得する自習室でのアルバイトを大変ありがたく思っていた。

私が、あまりあちこちでバイトできない感じを表すエピソードを思い出してみる。

たとえばある夕方、私は遠くのスーパーまで母に頼まれたお菓子を買いに行った。近くのスーパーにそれがなかったので、若干疲れている状態の中歩いて歩いて結果的に遠くのスーパーに行ってしまったのだ。

その行き慣れないスーパーのだだっ広い駐車場の雰囲気が大変悪く、いったいそこで何が起きたのか私にはわからなかったが、多分駐車場に出入りする車に、誰かが轢かれてしまったのだろう。そんなような感じをしっかりと感じてしまい、しかもお菓子のことを考えていてすっかり無防備になっていたがゆえに、自分の中心にそのエネルギーががっしりと入ってしまったような感覚があった。悲しくもないのに歩きながら涙が止まらなかった。

困ったな、と思いながら、自習室に行った。

エネルギーを落ち着け清めて、勉強したり読書をしたりするはずの空間なのに、私が変なものをくっつけて空気を汚しては絶対にいけない。

そう思っていつもよりいっそう体を動かし、おいしいお茶を飲んで、オリーブに触って、その葉に頬を寄せて、何とかやりすごそうとした。

そしてふとひらめいた。

母に頼まれたお菓子を友おじさんにあげようと思って余計に買ったので、そのお菓子のキャラクターの小さなフィギュアがふたつおまけについてきた。パッケージに書いてある、お菓子の妖精みたいなキャラクターだった。そのうちのひとつをこの場所に寄付しよう。トイレの棚に置けばちょっとかわいいし、誰かが持って帰ってくれても別に構わない。

友おじさんはさくらさんと違ってインテリア的なものには全くこだわりがないので、ちょっとの間ぐらいいいだろう。それを置いて私も和みたかった。

トイレの棚のほこりがついているところをきれいにして、花瓶に飾ってある一本だけのガーベラを水切りして、花瓶の水を入れ替えて、その脇にまるで花の妖精みたいにそのフィギュアを飾った。

そしてトイレそうじをしてから、しばらく自習室のそうじをしていてふと気づいた。体が軽くなっている。

もしやと思ってトイレに戻ったら、そのフィギュアの目がこちらを見ていた。きっとあのエネルギーが別の形でこの中に入ったんだ、と私は思った。

それっていいことなのか悪いことなのか、入ったままで誰かが持って帰ってしまったらどうするのだろう、そんなふうにも思ったけれど、とりあえずその日はそのまま置いて帰ってみることにした。しばらくしたら私もすっかり元のエピソードを忘れていて、花とフィギュアの習慣だけが残った。やがてフィギュアが空っぽになったなと思う頃、遊びに来た小学生が「このキャラクター大好き！」と言ったので、きれいに拭いてからあげた。

こうやってエネルギーって毎瞬、絶え間なく動いて散らされているんだ、と思った。

あの駐車場だって、雨に風にさらされてやがてまっさらになっていく。あそこに残った悲しみの感情も、こうやって誰かが持って帰っては散らしていく。世界って、地球ってそういうシステムなんだ、と思った。

私って頭がおかしいのかな？　こんなことばかり考えていて。

そう思う日もあった。

しかし私がゆるぎなくそして無邪気に歩いてきたここまでの人生の道が、そうではないと教えてくれていた。小さいことは必ず大きなことにつながっている。それは間違いない。世界は厳密で、いいかげんにしていいことはひとつもない。だから地に足をつけて、ヒントがあるかどうかよく見ることしかない。

でも私も人間だから、いつも研ぎ澄まされているわけではない。生理痛、歯が痛い、熱っぽいなどなど、肉体的な不調が勘を鈍らせることがある。

だから私はどこにでも行けるわけではないし、自ら変な場所に飛び込んでいくのは絶対に違う。修行じゃないんだから。

でも目の前にやってきたものならなんにでも出会っていく。それしかないのだな、と少し大人になってわかってきたのだ。

特に思春期はホルモンが不安定なところがある。だから、おびえることなくしかし慎重に磨いていくのだ、そう思っていた。

でもホルモンというと液体っぽいものよりもミノとかセンマイが浮かんできてしまう、そんな無邪気な年頃でもあった。


その日、学校帰りに、もう友だちたちと別れてひとり自習室への道を歩いているとき、ふっと視線を感じた。小さい子どもみたいな明るい感じの。

秋がじょじょに深まっていく頃のことだった。

自習室のバイトもカウントダウンに入っているから、いろいろ目に焼き付けておかなくちゃ、だいじにしなくちゃな、と思いながら横断歩道で信号が変わるのを待っていた。

色とりどりの車が目の前を川のように流れ、横断歩道の白がくりかえし早回しの動画みたいに現れ、何人もの人が渡り、また車に覆われ……遠くまで続く遠近のついた街路樹の色の黄色の鮮やかさを私はぼんやりと見ていた。そしてサーチするかのようにまわりをくるっと見回した。

その瞬間は、音もなく世界は止まったようになっていて、その明るくかわいい視線のほうだけに全てを集中して……街を見る目をふだんと変えて、ふわっとさせながらもなにも逃さないようにして。

目が合ったのは、人よりも低い位置で見つけにくかった、少し離れたところにいた短毛の、柴犬が入っているであろう雑種の黒い犬だった。まだ若そうで毛艶が良く歯もきれいだった。

首輪をつけて散歩紐を引きずったその犬は、目が合った瞬間、まっすぐ私のほうに走ってきた。その目の中になにか大事なものがあった。

夢の中のことみたいに見えたし、まだ私の頭の中の時間は止まっていた。私とその犬しかこの世にいないみたいに。地味だし、ちょっとみすぼらしいくらいの見た目。しかしその犬の目はきらきらと光り輝いていた。

あなたなら助けてくれるよね？

言葉ではない言葉が、はあはあしている息の音とともに伝わってきた。

飯島さんの事件でもこんなことがあったなあ、私って犬に好かれやすい存在なのかなあ、と思っているあいだに、犬は私の足元にやってきて止まった。

「飼い主とはぐれて困ってるの？　とりあえず紐の端っこを持ちますよ。いいですか？」

そう言って私は、犬に手の甲をかがせながら、散歩紐の持ち手を持った。そして動いちゃいけないと思ったので、通学リュックを背負ったまま、まるで上野の西郷さんの銅像のようにそこにしばらくじっと立っていた。

このまま時間が過ぎたら交番に行くのかな、首輪に名札がついてないから、保健所には行けない。マイクロチップは入っているのだろうか。それだけ調べに獣医さんのところに行って、とりあえず自習室の裏に置かせてもらおうかな、尋ね犬チラシを作って……などと夢想していたら、犬がまだじっと私を見上げているのに気づいた。

そうだよね、先のことなんて考えててごめん、今は君の気持ちが不安だよね。そう思ってかがんで犬を撫でていたら、気持ちは完璧に通じた。

撫でている手から力が犬に入っていくのがわかるのだ。それは犬の中に入り、全身に広がっていった。今欲しいものはこれだったんだよ、そうそう信頼できる人間はいないから、と言われているような気がした。

あれ？　これでいいのか？　なんだ、簡単だ。

と目が覚めた。

こんなにまっすぐに通じるコミュニケーションを、私はどこの誰ともしたことがなかった。強いて言えば友おじさんと育てたあうんの呼吸がいちばん近い。

母との関係にはまた違う回路を使っていた。

これからの人生には常に動物がいなくてはだめなんだ、それが秘密だし鍵なんだ、と私は電撃的に悟った。なんてことだろう、とその悟りに強く打たれながら犬に身を寄せていたら、向かい側から急いで信号を渡ってくる人に気づいた。

その人は大学生くらいに見えた。色が黒く肌がきれいで目が丸くて、体は心配なくらいがりっと細かった。

素朴な顔で邪気がなく、人ではなく犬みたいな人だった。目の前の犬と全く同じオーラをまとっていたので、飼い主だとすぐわかった。味のある見た目だった。そうとしか言いようがなかった。

「ありがとうございます！　手から紐が離れて逃げ出しちゃって。ふだん全くそんなことはなく、紐なしで散歩できるくらいの犬なのに。」

彼はちゃっちゃとすばやく走ってきてそう言った。細いからその動きはなんだか凧が風でふらふらしているみたいだった。でも意外に体幹はしっかりしてそう、と私は観察していた。こんないい犬の飼い主に興味があったから。

「よかった、私とこの子これからどうなるんだろう、って思っていたんです。」

私は心からの笑顔でそう言って、犬の紐を渡した。彼の乾いた手に一瞬手が触れて、そのとき私の手が、彼の手と離れたくないと私に言った。

そんなことは初めてだった。むりに剝がす絆創膏のようにそっと手を引っ込めた。

犬とやっと一体となった彼は、ますます光り輝いた。

合体ロボ的に、ふたつのパーツがひとつになり完成されたかのようだった。おお、と私は思った。今日はすごくいいことをした。きっとよく眠れる。

彼はしばらく不思議そうに自分の手をじっと見ていた。きっと同じ感覚があったのだと思う。

「この子、なんてお名前なんですか？」

私はたずねた。

「クロです。僕の自慢の犬なんです。大切なクロを守ってくれてありがとうございます。」

彼は深く頭を下げて言った。

「ちゃんと私の言いたいことがわかってくれて、すばらしいわんちゃんです。ほんとうによかった、よかったね、クロ。それでは、失礼します。」

私は言った。

「ありがとう、ありがとう。」

彼は言った。クロもしっぽをふっていた。

私は背を向けてふつうに歩き出し、自習室へ向かった。軽い興奮とともに。

それが国人《くにと》くんとクロとの、有無を言わせない、身も蓋もない、運命の出会いだった。

印象に残ったのはクロのあまりの神々しさだった。犬神様級の神聖な感じ。真っ黒い瞳が星のようにキラキラ光っていて、全身の毛づやは実際よりもっと広いところまで光っている感じがした。

そのオーラと一体化した国人くんには、人間離れした妖怪みたいな感じがあった。この犬を飼えるほどの人なのだから、きっと何かそれにふさわしい度量を持っているのだろう、そう評価せざるをえなかった。

それにそのひとりと一匹が歩いている様子は、どちらも人間でもなく犬でもない、新しい、私たちの知らない種族の生き物が歩調を合わせて進んでいるような、そんな感じがした。彼らがいるだけでいつもの街も森の中のような静けさを持ってしまう、そんな風に。

もし今度彼らに会ったら、もう少し詳しく聞いてみたかった。

具体的には、どんなふうに生きたらそんな見た目の印象になるんですか？みたいなことだ。

今後の自分にとってすごく大切なことなような気がした。「子ども」という檻の次にすぐ「若い女」という檻に閉じ込められそうな、そのくらい世間というものの圧力は大きいのだとうすうすわかってきて、ダッシュで逃げようとしていた私の心の中に、久しぶりにフレッシュなものや数々のヒントが入ってきたような感じがしたのだ。


それで晩ごはんも機嫌よく食べることができた。別にいつも機嫌が悪いわけでは無いのだが、母とふたりだけで囲むテーブルが、いつも以上に居心地良く感じられた。それがどうしてだか全くわからない。新しい風がいろんな方向から私の人生に吹いていて、その真ん中で私は目を閉じて遠くまでゆく風を感じている、そのイメージ。

母が作ったのはいつものニンニクがたっぷり入ったカニカレーで、中のカニはもちろん新鮮なものではなく、しかしカニカマでもなく、父がお中元でもらったずわいがにの缶詰を母にくれたものだった。

目に浮かぶ。「これ使ってあれ（カニカレー）、キヨカに作ってあげて」と言ってる父の姿が。

彼らの関係がどういうものなのか私には今もよくわからないが、父がこの家に帰ってくることはもうなさそうだった。でも、いっとき私というものを分かち合った思い出が、彼らの中に不思議と温かい蓄積を持っていることだけは確かだと思った。

この広い世界の中で、かつてそんなにも近しかった他人がいる事は決して悪いことではないのだろう。母のカニカレーは全然生臭くなく、米にはあまり合わないが、シャバシャバしていて大量に入っている玉ねぎの力でそこはかとなく甘く、スープのようにたくさん食べてしまう。

そんなどうでもいいことがものすごくいいことのように思える夜がある。これは「幸せ」ということなんだな、と思ったのだった。

母が整えたテーブルは母の確固たる生き様を反映し、その上に載っている小さなガラスの花瓶や一輪だけ生けられたなでしこ。

そういうものが家にいるとき常に、私の心を淡く彩り守ってくれていた。

次にクロと国人くんに会ったのは友おじさんと一緒に歩いているときだった。

私たちは、文房具を買い出しに行こうということになって、仲良く店に向かっていた。こういうときどちらかが自習室に残っていれば防犯上も安心だし合理的なのだが、自習室に来ている顔見知りのおじいさんに留守番を頼んでふたりとも出てきてしまう、この感じの中にこそ自由があった。気が向いたから、ふたりとも出ちゃう、という感じ。

空は晴れていたし、気温も心地よかった。

とりあえず今は、永遠に続くかの如き気持ちで自習室をいつも通りにやっていようじゃないかという面倒くさがりの私たちの適当な意見の一致により、駅前の大きな文房具屋に私たちは歩いていた。

もちろん、今の世の中は１００円ショップがいくらでもあり、そこでどうせ何でも買えるのであるが、昔からあるその文房具屋さんはそんな中で生き残りをかけているので、なるべく行くようにしていた。

雑貨や珍しいペンなどもあって品ぞろえが良かったし、私たちは多少割高でもそこに行って面白珍しいものを買って（おりがみとか、小さなノートとか）、明子おばあちゃんにあげたり、遊びに来た小さい子にあげたり、学校で使ったり、そんなことを楽しんでいた。余計に買いはしないけれど必ずそこで買う、それが私たちの共通意見だった。

私たちが心配しなくても、いつも店の中をきれい好きなお嫁さんがぴかぴかにそうじしている古びていないそのお店は人気があって、全くつぶれそうもなかったのだが。

前から、彼とクロが歩いてきたとき、まず反応したのは友おじさんだった。

「何あの犬！　すっごくきれい！　かっこいい！」と、友おじさんは思ったことを全部口に出す感じで、けっこうな大きい声で言った。

私は友おじさんさすがだな、と思いながら、

「そうでしょう？」と自慢げに言ってしまった。先に見つけたのは私だもんね、って感じで。

よくあんな不思議なひとりと一匹が歩いていて、みんな何も言わないな、と思っていた。これまで町内に彼らがいることに自分が気づいてなかったことにもびっくりした。

ごく普通の路地、いろいろな人がブロックやみかん箱の上に小さな植木鉢を並べて、思い思いの植物をかなり適当に育てている、積み上げ方が不思議でもはやアートみたいになっている。そんな中をその神々しい組み合わせがすたすたと歩いてきているっていうのに。

私は「こんにちは。」と言った。「また会いましたね。」

クロは私を見てはっきりと私を思い出したようで激しくしっぽを振った。私が屈む

と頭を寄せてきた。犬の香ばしい匂いとふさふさした優しい感触が膝に伝わってきた。濡れた鼻が私の手に当たった。幸せすぎて言葉を失った。

「良いわんちゃんですね。」

と友おじさんは言った。

「ありがとうございます。自慢の相棒なんです。僕よりも頭がいいくらいの犬なんです。」

と彼は微笑んだ。彼の目にはまた、きらきらとした誇らしげな光が浮かんだ。

「あの、名前なんていうんですか？」

と私はたずねた。

国人くんは不思議そうに、

「クロです。」

と言った。

「いや違います、あなたのお名前です。」

と私は言った。

すると彼は、

「和田《わだ》国人です。」

と言った。

「いったい、どうしたらそんなに息がぴったりな、すばらしい犬を育てることができるんですか？　私はブリーダーでも何でもなくて、ただあまりにもクロがすばらしすぎるから聞いてみたくなっただけなんですけど。」

と私は言った。

すると、国人くんは、

「クロのすばらしさをおふたりにわかってもらえるなんて。この子は僕の宝なんです。宝と暮らせる喜びを、毎日毎日嚙みしめてます。」

と言った。

そのときの彼の瞳はすうっと透明で、彼もまた、私とは違うかもしれないけれど何かしらが見えている人なんだな、と私にはわかった。

国人くんの話は止まらなくなった。それは、あまり人に会っていない人の特徴と言える。近所のひとり暮らしのおじいさんちに様子伺いに行ったりすると、この勢いによく出会う。

「クロはほんとうにすばらしくて、僕はクロがいなかったらきっと、今頃この世にいられなかったんじゃないかと思うんです。クロがなんでそんなに一生懸命僕を守ってくれるのかもわからず、申し訳ないくらいです。

でもクロはこれが自分の仕事ですから、って言う感じで割とクールなので、まあ僕たちはこれでいいのかな、と思っています。本当は散歩なんてしなくてもいいんじゃないか、クロの方が偉いんだから、と思うんですけど、だって自分より偉いものを紐につないで歩くなんて、違和感ばかりですよ。ほんとうに申し訳なく思ってるんです。でも何かわからないけど、この世の習わしではこんな感じになってるんですよね。しょうがないな、という感じで僕もクロも受け入れています。

『ウォーキング・デッド』というドラマで、主役のひとりであるダリルが『ドッグ』という名の犬を飼っているのですが、ドッグが心配すぎて観るのが怖くなりました。クロはほんとうはそのドッグみたいに、紐につながなくてもいなくならないし、道路に飛び出して車にぶつかることもないように思っています。」

国人くんは言った。口も目玉もくりくりとよく動く。アニメの中の忍者みたい、軽そうな体で今すぐ飛び上がって塀に乗りそう、と思った。

その場に友おじさんがいることもとても大切なことのように思えた。ふたりだけだったら彼の語る文字数に圧倒されてしまったかもしれない。

薄暗いただの路地、あたりの家の中でついているテレビの番組さえも全部見えてしまっているようななんの変哲もない場所が、集っているものたちの質により、全くありふれているのにかけがえのないものに見えた。

クロは私をじっと見ていた。クロの瞳もまた透明だった。

友おじさんだって、私にとって何かの仲間と呼べる人物だ。しかしなんと言っていいのか、クロと国人くんの組み合わせ、これほどのフィット感を感じるものではない。例えば水星人と金星人がお互いにここ地球では宇宙人ですよね、と言い合って仲良くしているような距離感、それが友おじさんとの関係である。

それと比べて私にとっての国人くんとクロは、どうして今まで一緒にいなかったんだろう、辛いときとか、なぜいられなかったんだろう、だって、私たち同じ星から来たのに！と思えるような、そのことを思うと懐かしさに涙が出てくるような感じだった。

歳が近い異性だからではなく、もっと魂をギュッと摑まれる感じ。いてもたってもいられない気持ちの奥底に懐かしさがある感じ。

しゃべりたいだけしゃべって、ひとりと一匹は去っていった。

友おじさんはその後ろ姿を眺めながら、いやあ、いい犬だったなあ、なんて気持ちのいい犬だ、としみじみつぶやいた。

それからしばらくして体験したその午後のこともまた、私は一生忘れないだろう。たとえいろいろなことが移ろい変わっていって、跡形もなく消えていったとしても。自分の死角に気づいた、そういう言い方がいちばんしっくりくる。

私はごくのんびり生きていた。親たちは離婚していたが、まだわずかに人としての愛を通わせていた。近所の人たちは全て理解できる思想に則って惑星のようにきちんと暮らしていた。そのルーチンぶりときたら、時間が流れていることを忘れるほどだ。

予想外のものはなかったし、愛がなにかを害することを知ることはひとつもなかった。

しかし私はその日、愛だけが法則だというのに、地上ではなぜか宿命的に時差みたいなものがあってちぐはぐやつぎはぎになってしまい、その隙間に悲しみが生まれうるということを、知ったのだった。愛を残されたがゆえに、その重みを背負って残酷なまでに人生が決まってしまう、というようなことを。愛と自由が相反するなんてこと、考えたことがなかった。少女らしく、「自由を奪うのは習慣とか執着だけだ」と思っていた。シンプルに。

だけれど、真の愛が時差を持って足枷になるケースがあるなんて。

大人になるってこういうことなのかな、とわずかに知ったような気持ち。まだほとんど少女に近い年齢の私の世界の中で、人づき合いと言うのはあくまで信頼関係がある中での、安全で気楽なものだった。深く考えることは滅多になかった。

知っている人に道で会えば挨拶をし、家に立ち寄って、と言われれば立ち寄り、ジュースやお茶を飲む。机の上に置いてあるお菓子をつまむ。そこには特別用意された高価なものは何もないから、くつろいでいられる。なんならその家の人が留守でも別の人とそこでちょっと座って家の人を待ったりもする。決して食事どきになるまで長居はしない。食事どきじゃなくても基本的に長居はしない。さっと立ち寄り、さっと立ち去る。

周りの全員がそのようにしているので、そうでない人がこの世にいるということを考えたことがなかったし、そもそも人が立ち寄るのを好まない家があるということもかなり大きくなるまで知らなかった。

直感的に「敷居が高いな」と感じた場所では玄関先で帰る。それを見分ける勘はあった。そういう家の人たちは、私をまるで見すぼらしい子みたいに見るのだ。

介護期で奥にお年寄りが寝ているおうちにも、おすそ分けはするし買いものの手伝いはするけど請われなければ家には上がらない。

男の人のひとり暮らしの家には決してひとりで行かないし部屋に入らない。

路地で新しい人を見かけたら、一応その情報を家族と共有する。

そのようなことたちが私が体に叩き込まれてきた下町ルールだった。

こうして明文化してしまうとまるでたくさんのルールがあるようだが、全て体で覚えたものだった。

まあなんと、恵まれた環境だろうと思う。セキュリティもなく、高価なお菓子のやりとりもないが、そこには生きる上で知るべきことがまんべんなくちりばめられ、かつ安全性もかなり高かったのだから。


そう、その午後、私は散歩していて国人くんとクロを見つけた。いちど知り合いになってしまうと目につくようになり、やたら会うようになる。私は笑顔になり、和田さん！と言った。

国人くんは太陽のような明るい笑顔になり、

「和田さんって！　国人くん、でいいよ。むずがゆいよ、その、さん付け。」

と言った。

私たちはしばらくクロに合わせてテンポよく一緒に歩いた。

それだけで全てが通じ合えた。いいや、何も質問しなくても、そんな野暮なこと。そう思った。子どもの頃のように。

私たちの上には夏のような空が堂々と広がっていて、空高く立ち上がる雲からもれる光がうっとりと世界に降り注いでいた。まだ時間があって、楽しいことがたくさんある。子どもの頃の夏休みの午後のような、清々しさがあった。足取りは軽く、アスファルトを区切る光と影は決して移ろわないかのようにくっきりしていた。もう明日も来ないし、未来もない。この風景だけがある。

どこまでも歩いていけそうだな、と思った。

このまま歩いたら海に出るような気がした。いつか行ったことのある海辺に。向こうの坂を登ったら冬の寒々しいグレーの海が見えるはず、そんな感じがした。実際に昔はそこから海が見えたらしいので、その気配はまだそこにあるのかもしれない。

私の家がある区域からしばらく歩いたところに大きな病院がある。父が自殺未遂をしたとき入院してたところだ。

その病院は坂の途中に立っているので、建物の形も階段状になっていた。

病院の裏にはいくつかの複雑な階段があり、裏口の近くには家が何軒かあるがなかなかアクセスできない袋小路になっている。私は何回か散歩していてそこに入り込んだことがあった。

「あなたたちはどこに住んでいるの？　ご家族は何人？」

私はなんということなく聞いた。それは私の住んでいる界隈ではしばしば幸せな会話へといざなってくれるきっかけとなる質問だった。

うちは両親ともに職種は違えどＴＶ局で働いているの、そこで知り合ったんだって……とか、父と母は別居しているけど、仲が悪いわけじゃなくて……とか、そうやって物語が始まると、問題のない家はないということと同時に、愛のない生活をしている人はなかなかいない、全ての笑顔にはその基となる土台があるということがわかる。

しかし、彼が比較的へらへらっと言ったことは、私が自分に決して置き換えることのできない、想像することさえできない内容だった。

「僕は家族を全員失って、そのお墓の中みたいなところで暮らしてる。これを言うとみんな、末期がんの人を見るような目で僕を見るんだけれど……。」

と彼が言ったとき、私はまさにそういう見開いた目で彼を見てしまっていたので、慌てて白目をむいた。たいへんだ、今すぐフラットにならなくては、と思った。

彼は私を見て笑いながら言った。

「でも、むりもないと思う。僕だってそんな人を見たらそういう目になるから。でも、僕の家族はびっくりするくらい仲がよかったし、最後まで親密に暮らしてきたんだ。だから、楽しく生きなくちゃって思ってる。彼らは寿命が短かっただけで、不幸だったわけじゃないんだから。」

「そんなことが言えるようになるまで、どれだけの気持ちを味わってきたのか、想像もつきません。」

私は言った。国人くんはためらいがちに答えた。

「うーん、渦中ではわからなかったんだけれど、今になって、じわじわとそのとき自分がどんなに悲しかったか、やっとわかってきたところ。だから僕は今から立ち直っていこうとしてる。なるべく長くクロと暮らしながら。

家族のことをいろいろ手伝ってきたから、家を売って引っ越すこともできなくはないってわかっている。そうしたらお金の面では安心だってことも。

だから売ってしまって心身ともにさっぱりしようとも思ったのだけれど、自分がでかいお墓だと思ってる家を人に売るなんて今のところ僕には気が進まない。思い出もあるしね。

ごめんなさい、突然重い話をして。でも僕にはわかるんだ。君は解決を知る人。そういう才能がある。」

そんなことを突然言われて、動揺したが、多分当たっていると思った。

「解決って……そんな。私、単独では大した力もないので、家族や近所のおじさんやその家族を巻き込んで、力を貸せたらと思います。」

と私は言った。そして続けた。変な自己紹介だが、彼ならその鋭い目で私を一瞥しただけで、完璧に把握するだろうと確信していた。

「私は、伝わっているとは思うけれど、少しだけ見えないものが見えるので、先日いっしょにいた近所の友おじさんに見込まれて、自習室というところをきれいに保つバイトをしています。そうじをするという意味だけではなくて、風水みたいなものをよく保つようなことなんです。

単に花を飾ったりそうじをするだけで変わることもあるので、普通のそうじとそんなに変わりなくって。敏感なぶん、ダメージを受ける割合も多いのです。だから解決なんてとてもとても。」

私はそう言った。

国人くんはにっこり笑った。愛を知らない人の目ではない。彼の育ちが良いことはひとめでわかった。とんでもないことが彼の人生に起こったということもわかった。

「いやいや、そんなこと全然、しなくっていいです。解決なんてないし、求めてないです。ただ友だち……っていうか別にそんな名前もなく、ばったり会ったら挨拶できるだけで。だって僕は今、わりと幸せですから。生きてるのは余生みたいなものだし、背負ってるものも特にないし。」

彼が嘘をついたり強がりで言っていないことは、よく伝わってきた。

私はとりあえず気持ちを抜こうと思って、クロを見つめた。クロもまっすぐ私を見つめた。互いの目の中にすでに信頼関係ができている、そう思った。

「今度でいいので、お線香などあげさせてください。」

私は言った。

国人くんはにっこりと笑って、

「よかったら、今、ぜひうちでお茶を飲んでいってください。」

と言った。

私は勇気を出すことに決めた。

そんなに人が死んだのなら家の中の気配はただならない重さかもしれない。彼の淋しさを全部吸い取って、ちょっと私の具合が悪くなってしまうかもしれない、もっと悪いことにはこの人が実は変な人で襲われたりする可能性だって決してゼロではない、そう思った。

でも私には家に帰れば母がいるし、ちょっと歩けば友おじさんや明子おばあちゃんもいて、その人たちと気の紛れる会話を交わすことができる。ちょうど父が自殺未遂をしたときみたいに、どんなに悲しくて変な雰囲気に体が染まっても、ぐずぐずに、ゆるゆるにいっしょにいるうちに散らして元に戻す力を、私の人間関係は確かに持っているのだ。……っていうか、それ以外の解決法ってこの世にあるの？とさえ思っているくらい。

多分今の国人くんの重さの全てはクロが分け持っている。国人くんはひとりになったことにぽかんとしていたから、クロだけで他の刺激はいらなかった。でも、少しずつ国人くんも、人に会う時期に入っているのだろう。だから私が、私たちが登場した。

こういう流れを自然に作れる人だから、生き抜いてこられたのだろう。

「病院の裏あたりってことだけは言ったけど、何でこのへんのことをそんなに知ってるの？」

と国人くんは言った。私が歩きながら国人くんの家の近くにある家や建物についていろいろ話したからだ。

「あんまり行ったことはないよ、行き止まりのところだから。でも知っているし、通ったこともある。もっと小さい頃は、この街の全ての道とそこに生えている草花を知っていたもの。季節ごとになにがどう咲くか、茂るか。そういう地図はまだ心の中に取ってある。」

と私は言った。

そしてふたりと一匹でのんびりと道を歩いて行った。そのあたりの路地は、狭くてたくさんの植物が所狭しと並んでいて、それが皆さわさわと風に揺れていて、光がちょうど午後から夕方になるところで、また不思議で特別な気持ちになった。いつかどこかでこの人と同じようにこうして歩いたことがある、そういう懐かしい気持ちだった。

「えー、この箱が家?」

と国人くんが立ち止まった家の前で私はびっくりして尋ねた。

とても細長く白い四角いコンクリの家だった。しかも縦に細長いのだ。まるで隙間にむりやり入れた収納家具みたいなボックスが目の前に出現した。

何回か通りかかってこの白い四角の存在は知っていたけれど、お豆腐とか勝手に呼んでいたけれど、家だとは思っていなかった。物置とか、倉庫とか、人が住むところではないものとして捉えていた。

「びっくりした？」

国人くんは私が驚いているのが嬉しくてしかたない様子だった。

「ここはこう見えても五階建てで一階は玄関だけ。二階はリビングだけ。三階に少し部屋があって、四階にもちょっとした空間があって、五階は洗濯物を干すところと、神棚みたいなものがある。そして四階と五階は吹き抜けになっている。

だからほんとうは四階建てなんだけれど、四階と五階はひとつのものなんだ。」

「こんな変わった家、誰が建てたんですか？　リアル『変な家』。」

と私は聞いた。

「僕の父。父は建築を学んだ芸術家で、鎮魂のためにどうしてもこの場所にこれを建てなくてはいけないと言って、建てて、家族でしばらく住んで病気で死んでしまった。もともと若くはなかったんだけれど、早い死でした。ほんとにうちの家族の話って、すればするほど嘘の話みたいに思えるんだけど、僕たちはわざわざ遠いところからやってきたんだ。栃木県の那須のはじっこの方から。林ばっかりがある、田舎のほうからね。

この家に住んだら階段をやたら登ったり降りたりするから、みんなふくらはぎに筋肉がついちゃって。でもそれは楽しい暮らしだったんだ。ほんの短い間だったけれど、すごく楽しかった。

父と母は遠い親戚である上に歳がかなり離れていたので、親戚中に反対されてかけおちしたそうで、親族と縁は切れてるから親戚なんてひとりも知らない。両親の地元には親切な他人はたくさんいるし、今も交流しているけれど助けを求められる身内は誰もいない。

父の実家はとても小さい神社だったんだけれど、あるとき、なにか高価なものが埋まってるっていう噂を聞いたらしくて、ふだんは畑で農作物の泥棒をしていたとあるアジアの国の泥棒グループが侵入して、神社の下を掘り返したそうだ。

そうしたら神社を建てて鎮めていた悪いものが出てきちゃったみたいで、すぐに敷地内に住んでいた唯一まだ仲が良かった父方のおばあちゃんが謎の熱病で死んじゃって。

その人たちは捕まったけど、その後どうなったのか知らない。きっと死んじゃったんじゃないかと思う。そういうどうしようもない場所ってこの世にあるんだよね。

そのときもう母といっしょになって東京で暮らしていた一人っ子の父は後を継ぐ気もなかったのに、そう、本来は建築が専門だったのに、そこを責任持って鎮めなくちゃって言い出して、神社を更地にしてきれいな庭を作った。その頃僕はもうこの世にはいたんだけれど、詳しいことはなにも聞いていなかった。おばあちゃんのお葬式には出たけれど、子どもすぎて。ただ父と母がいろいろ考えて行ったり来たりしていることしか。

そこは今、僕の名義になっているから、ちゃんとメンテナンスをしに通ってる。もう大丈夫となったら売るつもり。あるいはいつか自分が住むか。

父は、神社の体裁でなければもう悪いものが戻ってくることはない、みたいなことを言ってた。だから僕とクロにはなにも変なものはついてない。きれいな光の中にぽかんと残された気分。」

まるで水槽の中のめだかが順番に死んだ話をしているみたいに、国人くんは淡々と言った。

「この世にそういう、人が触っちゃいけない場所があるのはわかる気がする。それに確かに今、国人くんとクロから、そういう重いものは一切感じない。むしろ軽すぎて怖いくらい。」

私は言った。

「うん、僕も感じない。子どもの頃はひしひしと感じていた気がするんだけど。」

いつどうなるかわからないと思っているからこそ、人は今の場所にい続けられるのかもしれない。その小さな恐怖が心に空間を作ってくれるし、今いる場所のありがたみもわかる。その国人くんの言い方から、それがもう過去のことだというのがしみじみと伝わってきた。彼は続けた。

「因縁とか土地に潜んでいた何かとか、子どもの頃のことだから僕は何も聞いてないし何のデータもない。きっと詳しく話さないで守ってくれようとしてたんだと思うんだ、親たちは。

僕のイメージとしては放射線みたいな感じなんだ。あくまでたとえだけれど、おばあちゃんと父と母は運悪く被曝した。なにも受けていないはずの僕も体に弱さを持って生まれてきたのはわかる。すぐ熱を出すし、代謝もちょっとうまくいってないからむくみがちだし。弟に至っては生まれて一年で死んじゃった。とにかく僕はこの人生でただひたすらにこつこつと大切な家族を失っていったんだ。

うち、位牌とか写真とかそういうものが多すぎて、なんていうか申し訳ないくらい多い。笑っちゃうくらい。気分が暗くなったらごめん。」

国人くんは言った。

とっても変な状況なのに、ちゃんと人に気を遣えるなんて立派な人。立派な犬の飼い主にふさわしい、と私は思った。

古めかしいデザインの鍵を彼は取り出し、

「これも父がこれじゃなきゃダメだって言って作った鍵なんだけど、防犯上どうなの？と母が言ってつけた鍵がもうひとつある。だからもうひとつはなんと電子キーなんだよね。楽しい家族だったんだよ。いつもふたつの鍵のギャップのことでゲラゲラ笑ってね。僕本当にひとりになっちゃって、よく今生きていられるなって我ながら思うんだけれど、とにかくクロが僕によくしてくれるから。」

と言って、鍵を開けはじめた。

「国人くんは何をしているの？　学生なの？」

と私はたずねた。

「病気になった母の看病をするために隣町の私立の高校を中退して、母が亡くなった後はもう学校には行ってない。通信教育を受けてる。父が地元に土地をけっこうたくさん買っていたから、そしてそこに家を建てていたから、今僕はそれを人に貸している大家さんなんだよ。ただ田舎で家賃も安くてそんなに稼げるわけではないから、ほんとカツカツに暮らしてる。

たまにあっちの土地を買い取りたいという人がいて、少しまとまったお金が入ってくることもあるしね。僕自体にはそんなにお金がかからない。固定資産税さえ払えれば、何とかこのまま一生生きていけると思っているんだけれど。このことはあまり人に言わないようにしている。資産があると思われるのが怖いから。実際にそんなにないし。」

彼の簡素な服装。首元や袖口など少しほころびかかっている感じ。スニーカーもぺらぺらの、ブランドものではない感じ。その若干みすぼらしくて見た目に頓着しない感じはちょっと友おじさんみたいだった。お金をかけていない生活、食事も最低限。ほんとうにそうなんだろう、と思った。

彼は話し続けていた。

「ほんとうに友だちと呼べるのは小中の同級生ふたりぐらいかなあ。年に何回かごはんを食べたり飲みに行ったりするよ。そんなときは泊めたり泊めてもらったり。父や弟や母の葬式にももちろん彼らは来てくれたし、彼らのお母さんたちもいっしょに葬式の手伝いもしてくれたし、何日もうちに泊まって慰めてくれたけれど、今やふたりとも大学に進学して街を離れたりしてるから、そんなに頻繁にはね。だから僕はひとりでこの家とか親の土地を守っているだけ。」

彼は言い、ドアを開けた。

私はドアの中を見た。はじめに思ったのは、なんて清潔でそして整った空間なのだろう、ということだった。外から見た墓石みたいな感じとはまるで違っていた。まるっきり神社みたいだった。しかもちゃんと神様がいて、空気がきれいな。

美しく光る大理石が敷いてある白いたたきがあり、ぴかぴかに磨いてあった。玄関の横に靴箱があったが、この家の大きさに合わせてデザインされた自作のきれいな箱だった。

目の前にはすぐ階段があった。ごく普通の家の階段だ。玄関を開けたらもうそこを登るしかない。こういうのは風水上最悪だっていうのを聞いたことがあるのだが、この家の細長さではもうこれ以外やりようがなかったということはよく伝わってきたし、工夫して狭ぜましく感じられないようになっていた。見上げると先の方までずっと続いていたが、上のほうは暗かったし白いのれんのようなものがかかっていてよく見えなかった。

この家を作った人の清潔な精神がまだここにある、そう思った。

「どうぞ。」

と国人くんが言い、クロの足を玄関に置いてあった雑巾できれいに拭いた。そして国人くんはクロの紐を離した。クロ以上にほっとゆるんだ国人くんの顔からは、今まで縛っていて申し訳ない、と思っている感じがよく伝わってきた。

クロは階段をまっすぐに登っていった。きれいなお尻をプリプリさせながら。

国人くんはクロについていきながら、クロの紐を一回拭き、きちんと靴箱の中の定位置にたたんでしまった。

う〜ん、神社の家の子の所作だ、と思いながら、私も靴を脱いで揃え、まるでお参りに行くみたいな気持ちで、彼についていった。

階段を上がると、そこはリビングだった。

テーブルがあり、食器棚があり、タイル貼りのキッチンがあり、白を基調にした壁。狭いけれどシンプルで感じよく整えられていた。

食器棚を見たら、きちんと揃った洋皿、あちこちで集めたであろう和皿、家族のカップやお茶碗が並んでいて、彼のお母さんの好みを感じて胸が痛んだ。このような場所と愛する子と犬を残して去っていくのは、どんなに辛かっただろう。

国人くんはキッチンでお湯を沸かしはじめた。

窓辺には仏壇の代わりになるような大切な場所があった。張りだしたところに三人の位牌がさりげなくあった。その下には見たこともない花模様のきれいな布が敷いてあった。布の上には家族旅行の思い出であろう石やお人形やお母さんのネックレスとかリングなどの飾りものがあった。なんていうことをこの人は体験したのだろうと改めて思った。そして美しいたくさんの家族写真があった。私は一枚一枚見ていった。

自然に涙が出てきたので、手を合わせた。

「ごめんごめん、キッチンにこんなのがあるって、お客さんにしてみたら重いと思うんだけど、ここには基本、お客さんなんて来ないから。」

国人くんは明るく言った。

「ここは国人くんとクロの家だから、いちばん大切なものをいちばんいい場所に置くのはあたりまえだよ。」

涙をふきながら私は言った。

「なんか、君の言うことって全部、聞くとほっとするね。」

国人くんは言った。

「それは、私の力ではなく、育った環境の問題だと思う。」

まだ残っているいい香りはお香だろうと思ってよく見たら、ガラスのお香たての脇にお線香があった。

「お線香をあげてもいいですか?」

私はたずね、国人くんが、

「ろうそくとかないから、そのライターでいきなり着火なんだけど。ありがとうございます。」

と言った。

私は小さいライターで細いお線香に火をつけて、お香たてに立てた。きれいな煙と良い香りがたちこめ、もう一度手を合わせたら私の涙は少し乾いた。毎日毎日、ここで手を合わせている国人くんの姿を感じた。

私は言った。

「そうか、家族写真に国人くんもいつも入ってる。そこがお仏壇っぽくないところだね。」

目の前にある一枚をよく見た。背景はきれいな山で、みんなで雑木林に立っている。家族四人がニコニコ笑っている。今よりうんと小さい国人くんは赤いダウンジャケットに青い帽子をかぶって、赤ちゃんの弟を引きずりそうな感じで抱っこして、とても幸せそうに見えた。

そんな写真がたくさんあった。

「こんな幸せそうな家族がもうないなんて。」

私は言った。

「彼らはいつだって論理的だったし前向きだった。死ぬ気はなかった。それが自慢できるところ。ここだってある意味とっても変な場所だけれど、バランスを取るためにあえて選んだんだって父は言っていた。父の仕事先の人がお金に困って夜逃げするというときに、その人が持っていたなかなか売れないこの土地を買うことを思いついたんだ、と父は言っていた。あんなに早く死んじゃうなんて、って母はいつも言ってた。移動が多くて過労気味だった月にインフルエンザから肺炎になって、あっけなく。もともと心臓が弱かったらしい。

父はここを買うとき、人を助けるために得た場所は方違えのようなもので、厄を減らせるって言ってたんだって。ここに引っ越すのはいいことだと母は信じていたし、僕も信じてる。ただここにきてみんなが死んでしまったから、本当に正しかったのだろうか、間に合ったのだろうか、と思う事はたまにある。もう誰も答えを教えてくれないことだから。」

国人くんは言った。

お湯の沸く音が空間を生活の気配で満たしていった。

「こういう音を日々気長に立てていれば、次第にいろんなことが払拭されていくよね。」

私は言った。

「ご家族みんなもちろん無念だったと思う。国人くん、もしかしてこの棚の下にお骨が入ってるよね。そのことを彼らが怒っている気も全然しないの。」

私は言った。正確には私の口が勝手にそう言って、私はびっくりした。国人くんは目を丸くして言った。

「よくわかったね。この人たちを、彼らがわざわざ後にしてきた栃木のお墓にどうしても入れる気になれなくて。まず母が父のお骨をまだ手元に置くって言ったから。だとすると弟もそのお墓にひとりじゃかわいそうだし。母だって親戚から追い出されたわけだから居心地悪そうだし。

いつかこっちでお墓を作って、みんなで眠るのが僕の夢なんだけど。クロもこっそり僕に混ぜてもらって。クロの骨を僕の骨の中に混ぜるの、君に頼んでもいい？」

国人くんが言った。

「なにそれ、いきなりプロポーズ？　にしちゃあまりにも縁起悪すぎる！」

私は笑った。国人くんも笑った。

「ごめんね、言える人がいなくってさ。そういうこと考えてると平和になれるから。」

と国人くんは言った。

「いや、私は全然そういうの大丈夫。もちろんなんだってやるよ。もしそのときに国人くんが他に頼める人がいなかったら、どんなに遠くに住んでいても、たとえ結婚してパタゴニアに住んでいても、駆けつける。」

と私は言った。国人くんは、

「すごく遠いところにいても、ってことだね。」

と、にっこり笑った。

写真の中のお母さんはあまりにも若くて、お姉さんみたいだった。

最後にお母さんを見送るとき、国人くんはどんな気持ちだったんだろう？と自分に置き換えて考えてゾッとした。どんなことにこの人は耐えてきたんだろう。

「こんなこと言われても何も嬉しくはないと思うけど、国人くんは凄い人だね。私だったら国人くんが体験してきたすべての過程に耐えられる自信がないです。」

私は言った。

国人くんはほんのりと照れたような顔をした後、言った。

「最後に母を見送ったときには、人を弔うことの事務的なもろもろに慣れてしまっていたんだ。そんなことに慣れるべきじゃないと思うけど。その時々無我夢中だっただけで、むしろ今がいちばん変な感じ。無事なのがやっと怖く思えてきたし。初めて会ったときも、今クロがいなくなったら僕は死んでしまう、そう思って目の前が真っ暗だった。

いっぺんにではなくて順番に起きていたことだったので、いつもいろいろな意味で自覚があったんだけれど、ものが、いちばん辛かった。ものを見ていちばん泣いた。主を失ったものっていうのは、もう生きてないんだ。それなのに生きていたときのことを思うと、その主の心がダイレクトに思い出されて、それはほんとうにきつかったな、家にいるとき。囲まれてるんだから、これは地獄だなって思った。でも、だんだん、だんだん慣れた。慣れていくことも悲しくて。死んだ人たちが薄れていくから。今はものたちは僕の生活の中で使う単なるものたちになった。」

「ああ、それは、ほんの少しわかる気がする。私はお父さんが家を出ていって、いろいろあって今は元気に生きているんだけれども。それでも、しばらくお父さんの服やカップが家にあるのが辛かったもの。あ、私の両親は離婚してるんだけど、それでもなんだかお花畑みたいな環境にいたものだから、いつまでも大人になれず、まだ心の中は小学生くらいの感じで。いろんなことに疎くてごめんなさい。話しごたえないよね。」

私は言った。国人くんは大まじめに首を振った。

「聞いてもらえるだけで、ありがたいんだし。僕はずっとずっと幸せだったから。ほんとうに満ち足りてる人はそんなこと言わないよって思うだろうけれど、基礎や土台をみんなもらったから。ちょっと早送りだっただけ。

君がまっすぐにクロを見つけたとき、それから君の友達のおじさんが同じような目でクロを見つけて僕が大切にしていることが全部この人たちには伝わっていると思ったとき、わずかに僕の中で動くものがあった。

久しぶりに風が吹いてきたような、空気が変わったような。僕の心はまだ生きていると思えるような感じがした。心が死んでることにさえ気づいてなかったのかもしれない。毎日が低め安定で。」

その感覚は私も全く同じように持っていた。

他の全てがなにもかも違っているのに、話がわかるその一点だけは完璧に共有している。これって未来のコミュニケーションではないだろうか、と私は思った。人はそれぞれ全く違う。それでも何か真ん中に大切にしていることがあり、それが同じ人たち同士はそんなコミュニケーションができるのではないだろうか。

このどうしようもない、戦争ばっかりしている人類にとって、もしかしたらこれは希望なのではないだろうか。

国人くんは私に温かいお茶を出してくれた。柿の葉とかドクダミとかが入った野草がミックスされたもの。熱いお湯で淹れてあったので、冷まし冷まし飲んだ。

「こんなお茶初めて飲んだ、おいしい。」

私は言った。

「栃木で買ってきたんだ。いいところなんだよ。牛の匂いがして、松がたくさんあって。よく家族で行ったんだ。」

国人くんもお茶を飲みながら言った。

空間は国人くんが謙遜して言っていたよりもずっときれいだった。むしろ私が清められていくような。

クロが近くでふんふん言っているだけで、家の中は輝いていた。

「この家の四階と五階がものすごく変わった作りになってるんだけれど、もし僕の話でお腹いっぱいになっていないのであれば、チラッと見てもらえるかな。これ以上遅くなったら親御さんが心配すると思うから、四階と五階を見てもらったら、いつでも帰宅してください。送っていくこともできるし。なのでもしよかったら一緒に階段を上ってもらえますか？」

国人くんは言った。

「お茶で生き返ったし、余裕です。」

私は言った。

「このおいしいお茶をもうひと口飲んだら上ります。」

国人くんはうれしそうに微笑んだ。

「自分が淹れたお茶を誰かがおいしいと言ってくれるのなんて、久々すぎて、耳が嬉しくて泣きそう。」

お茶を飲み終わり、私はごちそうさま、上を見に行こう、と言った。

国人くんはうなずいた。

急な階段を一歩一歩上っていくと、三階は両側に小さな部屋がある普通の間取りだった。ドアが閉まっていたから中は見えなかったけれど、細長い家にありがちの階段中心の作りだった。

しかしのれんの向こうにあった四階と五階の思い切りの良さは予想を超えていた。下からでもちらっと見えたのだが、最初私は変わった形のリビングだと思った。

両階はぶちぬいてあって、真ん中にちょうど杉本博司《すぎもとひろし》さんという芸術家が作る作品のようなガラスの透明な階段がまっすぐに延びていた。

そしてそのてっぺんには黄金色の空間があった。金箔が貼ってある。その小さな空間には何があるのだろうと私は思った。

「この神聖な神社みたいな場所のガラスの階段を、家族以外の人が上っても大丈夫なの？」

と私は聞いた。

「知り合いはみんな来てるから大丈夫だよ。あと、毎日拭いてるからきれいだよ。」

と国人くんは言った。子どもみたいな横顔をして。

四階部分には普通に本やものが置いてあった。

国人くんのお父さんはここで作品を作るようにこつこつとこの家を完成させたのだろうと思った。きれいに片づいていたが多分金箔を貼るのに使ったであろう道具とか資料の本とか、他にも画材とかスケッチブックとか、そういったものが作りつけの長いテーブルに置いてあった。あまりじろじろ見るのも悪いので正確に捉えたわけではないが、とにかくそこは「アトリエ」としか言いようがない場所だった。

「ここでは父が図面やスケッチを描いたり、母が絵を描いたりしていたんだ。」

国人くんは言った。

「しかし、ものが少ない家だね。本当にここに人が四人も住んでいたなんて、信じられない。」

と私は言った。玄関にあったすてきな抽象画はお母さんが描いたんだ、と思いながら。

「僕はあの人たちがどういうものを溜め込むタイプなのか、よくわかってないかもしれない。後の片づけが楽なように暮らしてくれたとしか思えない。」

国人くんは言った。

そして国人くんはその細いガラスの階段を上り始めた。そこだけ手すりがないのでけっこうドキドキしたが、階段に手をつきながらゆっくり後をついて行った。ふたりで並んで上れるほどに階段は広くなかった。美術館の中にある体験型のアート作品のようだった。

階段を上りきるとそこには神棚があった。高い位置にお社があり、お札があり、お酒とお水とお榊がお供えしてある。その下の段には生きた花がきれいに飾ってあり、小さな部屋みたいな空間が作られていて、金箔が貼ってあった。

「みんなで毎日お祈りしてた。それがこの神棚みたいなもの。」

美術館の展示の案内をするみたいに、国人くんは言った。

「僕は毎日ここにお花を供えて、手を合わせて、それが一日の中でいちばん大切な時間。」

私も思わず手を合わせた。

そして彼も私の隣で手を合わせた。

初めまして、たまたま縁あってここに来たものです。どうかみなさまが安らかでありますように。クロと国人くんが健やかでありますように。

しばらくそうしていると、私の背中の毛が急にぞわぞわっとさかだった。空気が急に濃縮されたみたいに私の周りに集まってくる感じがした。どんどん透明に澄んでいって、朝の光が生まれてくるような。頭が冴えて目がはっきりと見えるようになり、ほんの少しの圧迫感が私の周りを包んでいた。

そのあと、水が満ちるように、霧が濃くなるように、周りに気配が満ちてきた。

「国人くん、ご家族が、集まっちゃってます。」

私は言った。

あまりにもリアルで、私は思わず、

「えーと、はじめまして、おじゃましてます。」

と言ってしまった。

彼のお父さん、お母さんが、並んで神棚に手を合わせていた。リアルに見えたり透けたりを繰り返しながら。クロは彼らにしっぽを振って喜んでいた。祈りの、聴こえない旋律が音符が連なっていくように空間を満たしていった。

なんだよ、これ、こんなの初めて見たよ。

と私は思った。

「そうなんだよね〜、たまにみんな来ちゃうんだ。だから淋しくないというか、いっそう淋しいというか。」

国人くんは家族を見て普通に微笑んだ。

お父さんとお母さんが国人くんを見て微笑んだ……気がした。彼らは私を見て、やっぱり微笑んだ……気がした。半分透けていて、ゼリーみたいに空間が歪んでいる。

「頭おかしくなりそう。」

私は言った。

「彼らが歳を取っていくのかどうかが最大のポイントなんだけれど、弟が小さいままなところを見るに、やっぱりみんな永遠にこの歳のままなんだろうなあ。」

国人くんは言った。

彼の弟が這って私のひざに乗ってきた。

「座敷童みたい。」

私は言った。弟にはもちろん体重がなく、ひざがひんやりした。私は彼を、クロを撫でるように撫でる仕草をした。温かい気持ちだけが伝わってくる。

「死ってなんなの？　時間ってなに？」

私は見えない弟を左手で、右手でクロを撫でながら言った。

「どっちにしても、生きてる彼らとはもう暮らせないってことかなあ。でも、来てくれるのは嬉しいんだ。いつも光に包まれているような。小さいときのクリスマスの朝みたいな気持ちになる。」

国人くんはご両親の体の輪郭を、私がクロと弟を撫でているようにそっと撫でながら言った。

「ああ、だんだん薄れていく。」

私は言った。

しばらく見えたり見えなかったりしていたけれど、彼らはすっかり消えて、ぽかんとした私が残った。

「今のはなんだったの？」

私は言った。

「この場の力がたまに見せてくれる面影ショウだね。」

国人くんは目に涙を浮かべながら、それでも微笑んで言った。

「最初はなんて残酷な、と思った。でも、だんだん待ち焦がれるようになった。今日、キヨカちゃんが来てくれたらもしかして、と思ったんだ。ありがとう。久しぶりにみんなに会えたよ。」

結局国人くんとクロに送ってもらった。

もう暗くなりつつある帰り道、私を送りながら、歩きながら国人くんは言った。

「そういうわけで実家の神社はつぶれて、ない神社のお札だからもう毎年換えたりできないので、古いお札だけじゃなくて両親が好きだった二荒山《ふたあらやま》神社のお札があの神棚みたいなところにあるんだけど。そこには僕が毎年通っている。餃子を食べて満ち足りて帰ってくるんだ。」

「それはもう立派な職業だよね。」

私は言った。

「立ち直れとか、元気出せとか、新しい自分だけの人生を歩めとか、そういうのはあらゆる大人から聞いたけど、全然ぴんとこなくて。

このままでいいって思ってるからこそ、見えてくる形がある。だって僕たち、信じられないくらい幸せだったんだよ。毎日がきらきらしていて、天国で暮らしてるみたいだった。一生残る、信じるものをくれたことがいちばんの教育だと思う。もちろん、

『僕も連れてってくれ、そっちに』と願わない日はなかったけど。

彼らが僕に触れるときは毎瞬、花が咲くような感じがした。いつもいつも大切なものを見る目で僕を見てた。その景色は一生僕の中から消えない。彼らの目の中にあったものをどこの誰だって奪うことができない。それだけが僕の持ってるもの。土地とかは二の次。」

「なんでそんな珍しい人生になっちゃったんだろうね。」

私は言った。

「悲しい人生って、言われなかっただけ安心。おっと。」

そう言って、国人くんは私の前に飛んできたなんだかわからない黒い影を、蚊を叩くみたいに、シャボン玉をつぶすみたいにパチンと叩いた。

黒い影は霧散し、私は目を丸くして国人くんに聞いた。

「私も見えた。国人くんにもなんか見えたの？　暗闇の中からふわふわっと、なんか飛んできたの。」

たいていの場合、そういうものは道に普通にあるので、そして家までくっついてきたりするのだが、家の玄関の鈴の音が鳴るときフッといなくなったり、風呂に入ったら消えたり、日光に当たると溶けたりするので、あまり気にもしなくなっていた。

「見えたっていうか、反射的に。蚊みたいに。」

彼は涼しい感じで言った。

「うわあ、すごい。今度大物にくっついてこられたら、国人くんにパチンってしてもらえばいいんだ。」

私は言った。

「大物は自信がないなあ。」

国人くんは笑いながら言った。

ほとんど家の前まで国人くんとクロは送ってくれた。

私が家の玄関につくまで、路地の向こうで見送ってくれて、手を振ったら手を振り返して踵を返すシルエットが見えた。

後ろ姿を見ながら思った。

帰って、ひとりになった部屋の中で食器を洗うんだ。

そう思うと、明かりがついた家に母がいる自分の幸せを感じた。

私の家と友おじさんの実家があるゾーンに入って、私はものすごくほっとして、淋しい気持ちにしかならないあの場所に、ほんとうはいたくなかった自分を少しだけ感じてしまった。

不思議だった。自分のほっとする空間とあんなにかけ離れた場所に、私は何の乗り物にも乗らず安心したままで旅をしたのだ。

「友おじさん、異性を助けたくて助けたくてしかたないっていうのは、初恋だと思う？」

私は言った。

「そう言ってる時点で初恋じゃあないと思うけど。」

あっさりと友おじさんは言った。

「キヨカちゃんってなんかちょっとそういう頭でっかちなところがあるよね。あの、犬の男の子でしょ？　ちょっと待ってよ、ちっとも吊り目のツンデレじゃないじゃん。むしろ天使じゃん、あの子。あの子なら、僕も仲良くなりたいよ。力が抜けてるからね、生きてることに。きつい体験をするってきっとそういうことなんだね。ひとめでそれだけはわかったよ。あの子、ある意味俺よりも大人かもしれない。でもどこかうんと小さい子みたいな感じもして。」

友おじさんは言った。

いつもの自習室の夕方、私はそうじを終えてうっすら汗をかいていた。

空はもうかなり高く、気温も下がってきていたのに。体を動かすってすごいことだ。自分で熱を作れるなんて。

私は家の中であった不思議なことはぼいて、彼に起きたことを友おじさんに話した。友おじさんは世にも優しい目でその話を聞いてくれて、私は涙が出そうになった。

こういうふうに聞いてくれる人が、いなくなるなんて。

「こうしている間にも、彼がひとりで家のことをしてると思うと、胸がいっぱいになる。」

私は言った。

「うーん、それはキヨカちゃんなりの、人を好きになるってことなのかもね。それに確かに今は自分の恋だの気持ちだのを勘定に入れるときじゃない。」

友おじさんは言った。

「そうそう、その感じ、体感としてわかる。行き過ぎちゃいけないし、自分を満足させるために助けるのは絶対違う。」

私は言った。そして続けた。

「そして私、国人くん以上に、クロが好き。それは確か。」

友おじさんはげらげら笑ってから、

「人生先取りしすぎてそんなところまで行っちまったか！　キヨカちゃん！」

と言った。

「でも、ほんとうのことなの。クロが見てきたもの、クロが守っているもの。そのけなげさを思うと、泣けてくる。クロを見るだけで幸せなんだから。ただ、そのクロに世界一愛されている国人くんのことは、人の中ではそうとう好きな方だよ。」

私は言った。

友おじさんはうなずき、言った。

「俺もいつも手が届くところに、うっとうしいくらい誰かがいた、いつだって。親身にというよりはかなりてきとうに。親父なんてよその子である生徒たちのことで頭がいっぱいで、俺なんてほっぽらかしだったし。でも話せば目を見て答えてくれた。それくらいの距離がいちばんいいんだよね。人のことはどんなに身近な人でもわからないから。

でも自分にわからないことだから、経験してないことだから、力になれないっていうことは全くない。聞かれたら思ったことを言う、それだけでいいんだと思う。

焼きもちは焼いてないけど。キヨカちゃんが遠くにいってしまいそうで、ちょっと淋しくはあるかな。でも究極的には、好きな人たちは元気でどっかで生きててくれたらなんでもいいんだよね。」

それを聞いて、私はとたんにふわっと風が吹いてきたように思い、力を得た。

私と友おじさん、ふたりだけの間にある気持ちを限りなく果てしなく割っていけば、そこにはもちろん黒いものがあるだろう。独占欲とか、歴史の中でかけあったささいな迷惑の吹き溜まりだとか。

でも、あえて割らない。

むしろふんわりと空間の中に広げていく、宇宙に返す。

どんどんつめていったら、ふたりだけで、ルールを決めて、この関係を固定して息苦しく生きていこうっていうことになるはずだから、それを自然に返してしまう。

そうすると縁がある限りは勝手に、あちこちでいろんなものが育っていく。手元にはなにもなくなってなにも貯めてないけれど、心はいつも軽い。

「家事は最低限しかやってないですから。父が死んで、弟が死んで、その後母が病気になって死んでいったときには、ちょっと僕のキャパを超えてる、と思いました。逃げ出したいっていうか。今も平和だと少し怖くなるし、怖い夢見て起きる。」

自習室に遊びに来ていた国人くんは、友おじさんの「その年齢でひとり暮らしって大変じゃない？」という質問に、大真面目にそう答えた。

足元にはクロが寝そべっていた。クロのための水飲みのボウルを私はそっと出した。クロは立ち上がってちょっと水を飲んだ。その口からしたたる水滴が生きている証という感じがした。

「逃げなかったのはすごいね。まあ、それぞれになにかしらはあるか。キョカちゃんだって、学校に友だちもいないのに、楽しそうに暮らしてるし。」

友おじさんが言った。

「いなくはないって。仲間外れにもなってないし、いじめられてもいません。でも、べったりとつるむ人がいないから、その場その場でそこにいる人とちゃんと楽しく過ごしてるし、たまに放課後にあんみつを食べに行ったりしてますって。」

私は言った。

「とにかく僕が思うのは、キョカちゃんを中心に、うちのおふくろとかキョカちゃんのお母さんとか、俺たちとか、みんなで餃子なんて食べて、わいわいして、それで国人くんが癒される的な話は絶対にナシだってことだ。解決策はない、そう思うから、人は人といるんだ。でも、そのうち、キヨカちゃんが留守なのに、国人くんがうちの実家でいつのまにかごはん食べてる。それは希望だってことだ。」

友おじさんは言った。

まるで光が降り注いできたみたいに、周りが明るくなった。思わず見ると、国人くんが光っていた。そして表情には見たことのないようなはっとした感じが浮かんでいた。

「ずっと悲しくて淋しくて、いつかどこかで癒しくんってものにも会えたらね、くらいのことでいいんだ。傷は一生消えないし、消える必要もない。」

友おじさんは確信を持っている様子でそう言った。

私は、友おじさんはすごい、と思った。単に逆を言ってるんじゃない。逆を言って反発の力で立ち直らせようとなんてしていない。

「それにクロは、愛して世話をすればちゃんと天寿を全うする。それは国人くんとはなんの関係もない、クロの問題だ。クロは国人くんといると幸せなんだからそれがいちばん。」

友おじさんは言った。

国人くんの目に涙がたまっているのを、知らないふりするのが下町のやり方だった。

私は言った。

「友おじさんは、やっぱり先生だよ。」

友おじさんは言った。

「なんにも教えられないよ。でも、ここにいることはできる。」

国人くんは目を見開いて、花が咲くような顔で笑った。

「ほんと、そうですね。」

と言ってから、

♪Day Dream Believer そんで彼女はクイーン
とクロを撫でながら国人くんは鼻歌を歌った。

そして君はずっと家族の中で王子だったんだね、と私は思った。

誰よりも、なによりも愛されて、なにも託されないで、命だけを大事にされて。

撫でられたクロの嬉しそうな息と共に、悲しみはひとつだけ解けて、小さな蝶のようにひらひらと天に昇っていった、そんな気がした。自習室の陽がさす窓から。

この場所があってよかった、と思った。この場所があったことで、こんなふうに去っていく魔を私はたくさん見た。

それが私の子ども時代の誇り。

それからしばらくした冬の午後、私と国人くんはクロの散歩に出て、長い階段の上から街を見ていた。それぞれのタンブラーに入れた熱いお茶を立ち止まって飲んでいた。

クロのうんこ袋が国人くんの腰に下がって風に揺れていた。風向きによって、たまにちょっと臭い。それもまた今日という一日のかわいい出来事のひとつとして流れていく。雲のように、ゆっくりと確実に。

私たちの住む街は、なんとごちゃごちゃしていて統一感がなく、小さな家ばっかりなのだろう。上から見るとパズルのように隙間なく埋まっている。その上に広がる大きな空のことなど忘れてしまったかのようだ。

それでもしおりみたいに差し込まれる緑は目に優しかった。

あの大きな緑の塊は大学のあるあたりかな?と思ったり。

国人くんがふいに言った。

「人に触るのがあんまり好きじゃないからキスとかできないし、若いのにＥＤなんだけど、少なくともゲイではないのが救い。なるべく多くの時間をいっしょに過ごせたらと思う。」

「なにその告白、ほんとうに最低ね。」

　私は顔を赤くして言った。

「つきあうってなにか、わからない。でも、キョカちゃんとこうしていっしょにいたい。それだけでいい。今度栃木に行くとき、いっしょに行って、神社に行ってから餃子を食べたい。いつもひとりでしたかったことなのに。

　そして時間がうんと経ったら、クロをいっしょに見送りたい。いっしょに泣いて泣いて泣いて何ヶ月かしたそのあと、心に余裕があったら、長い時間をかけていっしょに子犬に出会いに行きたい。それをキョカちゃんに他の誰かとしてほしくない。僕といてほしい。キョカちゃんが他の人と密になって家族を作ったりしてほしくない。そんなことなら僕と暮らしてほしい。」

　国人くんは大真面目に言い、私はますます赤くなった。

「私はまだ若いし先のことは全くわからないけど、でも、今思うそれは全然いやじゃないし、お父さんが浮気者でいろいろなことがあったから、男女のことにはわりと潔癖かも。だから、誰よりも仲良しでただいっしょにいるだけでよければ。なによりもクロが好き。いちばん好きなのはクロで、クロ目当てにいっしょにいるのかもしれなくっても、いい？」

「いいよ。」

国人くんは言った。その目から涙がぽろぽろ出ていた。

「もう、泣き虫なんだから。」

と私は言ったが、私もいつのまにか泣いていた。

「泣くべきときになぜか泣けなかったんだから。泣いていいときが来たら、少しくらいは泣き虫でもいいでしょう。」

国人くんは鼻声で言った。

私たちは子どもどうしのように肩を寄せ合って泣いた。なにごとかと思ったクロがジャンプして私たちに飛びついてきた。

「そもそもクロが私を見つけて、国人くんに会わせてくれたんだよ。」

私は言い、国人くんが、

「そういえばそうだった、クロありがとう。」

と言って、飛び跳ねるクロを撫でて落ち着かせた。

ふたりと一匹はその場で固まってただくっついていた。この世でたったふたりと一匹で生き残ったものたちのように。

小学校の同級生だった八百屋さんちのミナミちゃんに、お肉屋さんの前でばったり会った。

「キヨカちゃん、元気？　なに？　メンチ買いにきた？」

上下スウェットでリップだけつやつやの、ギャルというよりはちょっとヤンキーが入ってるミナミちゃんが元気よく聞いてきた。彼女がメンチと言うと、別の意味に聞こえる。

「うちはコロッケ派なんだ。近所の家のと合わせての買い出しだから、揚がるの待ってるとこ。まだ少しかかるかも。」

私は言った。夕方なので、たくさんの人が入れ替わり立ち替わり、お肉を注文しにやってきた。顔見知りがいれば挨拶をして世間話をする。揚げたての揚げ物待ちは今のところ私しかいなかった。

「うん、私も揚げたて買ってこいって言われてるから、待つよ。キヨカちゃんさあ、最近彼氏できたでしょ。」

ミナミちゃんは言った。

「あれを、彼氏って言っていいのかどうか。」

私は心からの真顔で言った。

「いちばん婚活から遠そうな女が、すごいね、って周り中の噂だよ！」

ミナミちゃんは爽やかに言った。この界隈の人は、基本、人のことなどどうでもいいので噂話も重くならない。そのかわり全部見ているので、すぐ広まる。

「う〜ん、この世でいちばん結婚に至らない関係かもしれないけど、まあ、そう思われてもしかたない。」

私は言った。

「キヨカちゃんさあ、もっと前にすっごい年上のおじさんとつきあってたじゃん。もう親を越えてるくらいの。」

ミナミちゃんは言った。

「え〜？　それこそが違うよ。あれは単なる親戚みたいなおじさんだよ。そう思われてたとしたら、ものすごくキモい。それってロリコンじゃない。だって私、あそこでもっと小さいときからバイトしてたし。」

私は笑った。

「なーんだ。おじさんとつきあってるくらいだから早く結婚したい人なのかと思ってた。じゃあまだ処女？」

ミナミちゃんは言った。

「あたりまえです。お父さんが遊んでたから、逆に身持ちはかたいの。ミナミちゃんはどうなの？」

私は言った。

「そんなの、違うに決まってるっしょ。」

ミナミちゃんは鼻にしわを寄せて笑った。

「進んでるぅ。」

と私は言った。

コロッケが揚がるいい匂いがあたりに漂って、店先はこうこうと蛍光灯の明かりに照らされて、少しずつ空が暗くなっていく。

この空の下にいるのはいいな、平和だな、と思った。

そして「婚活」という、今の私からもっとも近くて遠い言葉がいつまでも耳に残っていた。

揚がったコロッケ八個を、お店のおばさんがていねいに紙袋に入れてくれて、ほかほかの袋が手元にやってきた。お金を払って、ミナミちゃんに「またね！」と別れを告げる。明日も会うかも、でももう一生会わないかも。なんて心地よい関係。

それが私の生まれ育った環境。

衆人環視じゃない世界にちょっと憧れを抱いてはいるけれど、決してカゴの鳥的なものではない。まかされすぎてて特に関心を持たれてないくらいだから。

友おじさんの家にコロッケを届け、すぐに家に帰って、

「彼氏のようなものができました。」

とコロッケを渡しながら私が言うと、母が目を丸くして、

「ええっ、この子結婚して家を出ることなんてあるのかしら、と思ってたのに。どうせゲゲゲの鬼太郎みたいな子なんでしょ？」

と言った。あながち外れてないのが悔しい。

「家はまだまだ出ないと思うし、もしかしたら一生この界隈にいるかも。その人、もう親がいなくって、病院の坂の下で一人暮らししてて。」

私は言った。意外にもまた顔が赤くなった。私の最後の乙女性が煌めいた感じだ。

「いいじゃん、姑がすでにいないなんて。私なんてパパがマザコンですっごく大変だったし、先のこと考えると暗澹としたもん。嬉しいなあ。最近事務所のママ友の子どもが海外留学した話を聞いて、これまた暗澹とした気持ちになってたの。キョカだってどこかに行っちゃうかもしれないし、キョカのこと相棒みたいに思うようになって

きちゃったから、頼りすぎないように気をつけないとな、って。」

母は言った。

「それは華やかな職場だからじゃない？」

私は言った。

「いや、とても地味な部署だから。事務ばっかりだよ。芸能人に会うことは全くない。賃金は安いから不安はもちろんあるけど、貯金も養育費も今のところあるし、健康でいないとね。」

母は言った。

「私も早く自立しないとね。でもさらに言うとバイト先は多分ずっと友おじさんちの界隈。」

私は笑った。母も笑い、そして言った。

「小さなところでぐるぐるお金が回ってるね！　私ももっとバリバリ働きたい気持ちはあるけど、明子おばあちゃんの手伝いもしないとだし、今は焦らない。でもね、私、パパがまた自殺未遂とかしでかさないといいな、と思う気持ちの中に、お金の問題は全く入ってないんだよね。それだけが自慢。今、経済的に多少余裕があるから言えることかもしれないけれど、今の世の中なにがどうなるかわからないじゃない？　それでも、やっぱりないんだよね。パパがお金送ってくれなくなると困るとは思うけど、それは別で。なんでもいいから生きてて楽しくやっててほしいと思ってる。あの人の女癖は治らないと思うけど、別にうちに泊まりに来たって今はいい。絶対やらないけど。でも、家族って感じでいるのは全然大丈夫になってきた。」

「そうだね、死んじゃうのはやっぱり悲しいね。あのとき、覚悟したけど、辛かった。生きててほしい。私ももっとパパに会っていこうと思う。」

私は言った。

病院に入っていたときの、小さく縮んだ父の姿。できればもう見たくない。これから若い娘さんといっしょになって子どもができちゃったりすると、養育費が滞るかもなと思っただけで、すごく面倒くさい。でもそれと「死んじゃえ」は別だ。いいときもあるし、悪いときもあるだろう、長くつきあっていくってそういうことだ。

夢の中でまばゆい光を見たので、私は夢の中なのに反射的に国人くんの弟なのかな？と思った。あのとき膝の上で光っていたのと似た感じの光だったので。かぐや姫のように。

でも、違った。

私は松林の中にいた。誰かと手をつないでいる。小さな女の子だった。誰?と私は思ったけれど、見たことない女の子で、全くわからない。迷子?と思ったけれど、迷子はこんなに落ち着いてはいないな、と直感した。

ちょっと国人くんに似ている細さだったから、私たちの子どもなのか、それとも国人くんの分身みたいなものなのか、彼のお母さんの小さい頃なのか。そんな感じ。

女の子の小さなつむじや小さな手が愛おしくて、私はかがんで彼女を抱きしめた。

私はいつのまにか大人の大きさになっていて、その子の小さな肩甲骨が私の手のひらに隠れるほどだった。鏡が見たい、どんなふうに育ってるの?私、と思ったけれど、そんなに緑と土しかないところに鏡なんてあるはずなくて、私は手ぶらだったし。

なぜかまだ、ウルトラマンでも来たかと思うくらいあたり一帯が光っていた。満月だからなのかな?と思って空を見上げるけれど、細い月しか見えない。

照らし出される松の葉は、香りがしてきそうにはっきりと尖っていた。なんてきれいな色だろうと、私は思った。

いつのまにか光は去って、あたりは少し暗くなった。

土や幹の造形の美しさだけが残像として心に残った。そびえ立つ松たちは黒いシルエットとして空を狭くするほど高く、堂々としていて、自分が小さな子どもになったような畏怖の気持ちを感じた。とても大きな存在と遊びたいような気持ちになった。太古からのもの。人が扱ってはいけないほど大きなもの。

それとは真逆に、その女の子の小さな耳に触れる私の頰のリアルな、そしてささやかな熱さ。


いろいろなことがわかったような気がしたけれど、そのわかった！という感覚だけが残った。その後、目が覚めたら、わかったと思ったことはなにもかもあいまいになっていた。

そのくらいでいいんだよ、と私は思った。これ以上わかったら、きっとここにいられなくなる。この体、未知の人生、悩み涙苦しみ、そういうものと縁が切れる。

そうしたら私は透明になって、この世から消えてしまう。

まだいたい、この世界に。苦しみ、悩み、頭痛がしたり吐いたりしていたい。いや、していたくないけれど。意外に恋とかそういうのには興味があまりなく、ただ好きな人たちを眺めていたいと思った。


「ママ、うどん。」

夢の中で、その子はかわいい声で言った。

やっぱり私の子なんだ、と夢の中の私は不思議に思ったけど、傷つけたくないから口に出さなかった。

うどんか、うどんね。その単語、忘れないようにするよ。

目が覚める前の全てが薄れていく感じが、私とその子をへだてつつあった。また会えるかな、君が大好き、そう思った。もっと抱いていたかった。

いつかこの謎が解けて笑えるときが来るのかな、と自分の部屋で目覚めた高校生の私は思った。無限の未来は遠い夢ではない、今の中にみんなあるのかも。そしてどの道を通るかは毎日私が決めていくのかも。あの小さい子のぬくもりがまだ腕の中に残っていた。

エピローグ　妊活

「キヨカちゃんってすごい子だとはもともと思ってたけど、まさか俺より先に。」

友おじさんは言った。

「私だって、そんなつもりはなかったんだって。」

私は言った。置くと泣くので、私は大きな袋を肩にかけ、その中に赤ちゃんを入れていた。

やっぱり女の子だった。

私はそしてそのかっこうのまま自習室のそうじをしていた。やっぱり重い。腰を痛めないように気をつけなくては。

さようなら、留学。さようなら、燃えるような恋。さようならめくるめく人生の旅。

見聞を広めるために様々な国に行き、ノーベルなにかの賞を取ったり、そんなことたち。さようなら、家にデパートの外商が来る生活。さようなら、毎シーズンの新しいファッションアイテムをひとつふたつ買っては身につける暮らし。さようなら、ウォークインクローゼット。

今や私がほぼクローゼットの中に住んでます、って。

自習室は少し改装され窯ができて、窓辺でカルツォーネ（包み焼きのピザ）を売る店になった。

さくらさんは昼はそこにいてカルツォーネを作り売りまくり、夜は足立区のリストランテに通ってシェフをやっている。そのお店のシェフが引退して、さくらさんが後を継いだのだった。

ピザ生地は冷蔵できるので、週に何日かは友おじさんが作る日がある。思ったより彼は手先が器用で、カルツォーネのできはさくらさん作のものと遜色ないくらいだ。それでも近所のおじさんたちは買いに来て友おじさんの顔を見ると、「なーんだ、あんたの日か」と必ず言う。

下町文法にブレはない。

明子おばあちゃんは大腿骨を骨折したあと寝たきりになったが、ヘルパーさんが来たり、母が手伝いに行ったり、さくらさんと友おじさんも交替で介護しているし、私もできることはするようにしている。

明子おばあちゃんは、ほとんど一日じゅう寝ている。

あんなにてきぱきして、しゃきしゃきしていたのに……と最初悲しくなったけれど、今の明子おばあちゃんに次第に慣れた。

ＴＶばかりじゃ退屈だろうと思って、友おじさんに相談して、ビーズやクリスタルでサンキャッチャーを作って明子おばあちゃんの部屋の窓辺に下げた。

午前中の陽光の中に重なって踊る虹色の光を明子おばあちゃんは、

「きれいきれい。触れないのにそこにあるなんて、不思議だねえ。」

と喜んで眺めていた。

「陽の角度が変わると、光が踊る時間帯が変わってくるんだね。次にこの角度で光が踊る季節まで、いられるかなあ。」

明子おばあちゃんは淡々と言った。聞いた私は涙がこみあげてきた。

先日も、お水を持っていって、明子おばあちゃんの寝顔を見ていたらつい明子おばあちゃんのベッドに突っ伏して寝てしまった。お年寄りの尿の匂い、皮膚の匂い。でもそれは知らないお年寄りではない、知っている好きな人の匂い。

目が覚めたら、私に明子おばあちゃんのふとんがかけられていた。

「風邪ひくよ。」

明子おばあちゃんは言った。久しぶりに声を聞いた。

これが最後の風邪ひくよ、かもしれないなあ、と思ったらまた泣けてきた。

あんなにたくさん餃子を作ったり、洗濯物を干したり、きっといつもかなりきつかったんだろうなあ。

さくらさんが帰ってきて、ふたりは結婚して近所のマンションを借りた。明子おばあちゃんは一人暮らしになって、意外に楽しそうだった。

「人生でいちばん楽しい、今。」

というのが明子おばあちゃんの元気だったときのコメントだった。あながち嘘でもないのだろうと思った。淋しくないの?と聞いたら、

「だって、毎日来るから、あの人たち。」

と明子おばあちゃんは言った。

静かに、静かに明子おばあちゃんの残り時間が減っていく。砂時計の砂が落ちるの

が見えるようだ。明子おばあちゃんが寝たきりになっても、友おじさんは家を少しずつ整理したりしない。

「まだ生きてるんだから、そりゃ失礼ってもんだろう。」

誰も片づけを提案していないのに、そう言っていた。

そしてなるべく他の人に介護を手伝わせない姿勢が逆に、ますます女たちをがんばらせる。

静かに時間が過ぎていく。過ぎないで、と思っても。


ミナミちゃんは実家の八百屋さんを継いだ。若き女社長として張り切っている。

今や野菜だけでなくちょっとした生活用品も売っていてそこが成功している。大根の横にポテトチップスやボックスティッシュがある感じなど、圧巻のセンスだ。

私は実緒《みお》を連れて立ち寄った。とにかく実りの多くて縁の多い人生であるように、と私の父が考えた名前だった。意外にいいね、とみんな賛成したのだ。

「あー、キヨカちゃん。となんだっけ、ミヨちゃん？」

ミナミちゃんは言った。

「ミオ、だよ。」

私は言った。

「ごめんごめん、それにしてもあんた、婚活と思ったら妊活だったとは、恐れ入ったってみんな言ってるよ。」

ミナミちゃんは言った。

「だからそのみんなって誰なのよ。」

私は笑った。

「うちの親とか、学校の友だちとか。」

ミナミちゃんは言った。

「これから大学行ったり、外国に住んだり、いろいろするかもしれないし、私だって。」

私は言った。

「そしたらあんたの泣き虫のだんなはきっと死ぬね。」

ミナミちゃんは笑った。

並んでいる麻婆豆腐の素の箱は、少しもほこりをかぶっていない。野菜は信じられないくらい新鮮だ。

ミナミちゃんだって、この生活に飽きて倦んでいる。そんなのみんな同じだ。でも、毎日の中になにかはっとすることが起きて、それがいいことでも悪いことでも、普通のことができていることにとにかく感謝する。

人間ってさ、縄文時代とか、きっとこんな感じ。遠くに行けてもせいぜい新潟、と私が言ったら、友おじさんが、あ、それって三内丸山《さんないまるやま》遺跡からの話だね、とすぐ言ったのが忘れられない。ウマが合うまま今に至った。バイトも続いている。


国人くんたちといっしょに暮らすようになって数年目の、ちょっと大きめの地震があったあるとき、クロを抱っこして連れ出そうとしたら、クロはびっくりして私の手を嚙んだ。

血が出るほどではなかったが、私はびっくりした。

そしてクロはほんとうに申し訳なさそうに、伏せみたいな形になって、私を悲しそうに見上げたので、なんていい犬なんだ、と揺れながら私はクロを抱きしめた。

「ごめんね、急に抱き上げようとしたらびっくりするよね。」

クロは力いっぱいしっぽを振ってくれた。

国人くんは、そのとき大声で「クロやめろ！」と怒鳴ったことを反省して、ただ立って見ていた。

そのときが最初で最後、クロは一回も私に牙をむいたりしない。もうほとんど寝たきりだし、白髪が増えて真っ白だし、目は白内障になっているけれど、それでもクロはまだ生きている。生きて、赤ちゃんに優しい。最後の一瞬までいっしょにいる、それが私たちの強い絆だ。

国人くんは通信で建築の勉強を始めた。多分お父さんの後を継ぐような人生になっていくのだろう。

母と父は変わらない。母は同じところにずっと住んでいる。私も毎日のように顔を出すから、そこもほとんど変わらない。玄関にクロの紐をかける杭みたいなのができたのと、リビングにベビーベッドが増えたのが大きな違い。

父は週末たまに遊びに来るようになった。実緒に会いたい、というのがいちばんの理由だった。赤ちゃんというものはすごい。全てを帳消しにするし、見ているだけでいろんなことがなんとでもなる。よく父と母はテーブルでふたりでしゃべっている。その様子を見て、懐かしいな、と思う。意外に父は若い女と再婚したりしない。遊んではいるんだろうけれど。

近所のみんなが少しずつ、信じられない額のお祝い金を現金でくれたので、私は個人的にウハウハの状態になった。

「これがあの有名な模合《もあい》っていうものなのね！」と言ったら、友おじさんが「全然違う」と言った。


子どもを産もうがなにしようが、私の能力は変わらなかった。むしろますます冴えてきて、最近では紹介制の投げ銭制で人の相談に乗ったりしている。私もまた、いろいろ学びながらこれを小遣い稼ぎの仕事にしていくのかもしれない。元自習室のバイトは辞めずにだ。いつだってあれは私の本業なのだ。

そしてわかってきたことがある。

霊がついたとか、事故物件に住んだとか、それで体調を崩したとか、そういう話がこの世に溢れている。恐怖とはそういうもので、最悪の事態をピックアップしていることが多い。

しかし、この世ではいずれにしても不条理と理不尽がまかり通っているのだから、いくら下町イズムでむりくりに修正しても限界がある。つまり、下町イズムはそれらへの反逆で、それはそれで人間の知恵によってカスタマイズされ捏造された世界の姿なのだ。ノウハウにすぎない。

なにかが生命を阻害することをうながしたことによって結果死ぬ、それが基本この世で生きる人間にとって最悪のシナリオだとしたら、霊に取り憑かれてホームから電車に飛び込むとか、霊のせいで体調が悪くなって病気になるとか、そこまでいくとそれはもう本人の生き様の問題で、そうでなければ、その人が生きる気さえあれば、あと運命がその人を生かしたがってさえいれば、重かろうが暗かろうがいやだろうが、時間が必ず解決してくれるものなのだ。

だから私は霊と呼ばれるものや、魔のようなものを恐れたりめんどうくさがったりすることはなくなった。それでいろんなことがクリアになったけれど、かといって不条理と理不尽の力によって、いつ死ぬか、あるいは愛するものが死ぬか、奪われるか、それだけは誰にもわからない。

あたりまえすぎてへそが茶を沸かすくらいのことだが、「いつか誰かが同じ辛さを経験して、それでも目の前に元気で生きている」、それだけが他者を救う。

明子おばあちゃんが骨折で倒れたとき私がめそめそ泣いていたら、国人くんが、

「わかるよ。」

と言った。

そのわかるよ、の、ありえないほどのものすごい重みは私の涙を引っ込めた。

赤ちゃんがいる忙しさというのは、想像の範囲を超える。今かえたおしめがもううんこまみれ、みたいなことばっかりが起きる。乳を飲んだと思ってたらみんな吐いてる、私の背中に。着替えなくちゃまた飲ませなくちゃ、そんなことばっかりして毎日が過ぎていく。

まだ若い私のキャパを超えているのは確かなのだが、過ぎていくと思うと耐えられる。

「三年だけおしめも置いてやるから、好きなメーカー言いな」とミナミちゃんが言ってくれたので、甘えようと思っていた。友だちどころではなかった近所のコミュニティにどっぷりつかっていた私にとって、彼女は近所ゆえに意外に後まで仲良い人のひとりとなった。

今や神棚に向かうガラスの階段にも洗濯物がかかっている。案の定あの家に住んで、私のふくらはぎは異常に発達した。そんなてんてこまいの日々の中で珍しく日向ぼっこしながら実緒がすやすや寝ている時間にリビングでまんがを読んでうたた寝していたら、ものすごい勢いでフラッシュバックしてきたのが、すっかり忘れていたあの夢だった。

あの夢の中で、私は小さい女の子といっしょだった。もちろんあの自分の子らしき子どもが女の子ということは覚えていたけど、きっと大きくなったらあの見た目になるんだ、と思っていただけだった。しかし、忘れてしまっていたのは別のことだった。

そうか、そういえば、うどんって言ってたっけ！

国人くんはちょっとは治ったがまだED気味で、私たちのあいだにそんなにたくさんのセックスはない。盆暮れ正月って感じ。

なにもかもに敏感な私にはちょっとあの行為は刺激が強すぎるので、そのくらいでいいか、と納得している老夫婦のようなふたりなのだけれど。

あの夜、実緒ができた真冬の夜はたまたまものすごく寒い日で、温かいものをとにかく欲する、なぜかなにもかもがはっきりと見える日だった。なにかが起こりそうな、いつもと少し空気が違うような。

クロがちょっとお腹を壊して、家中を汚したのでそれをふたりできれいに拭いて、クロも年取ってきたね、とふたりでちょっと泣いて、クロに「留守番よろしくね」と言って、近所のおいしいうどん屋さんにふたりでうどんを食べに行ったのだった。

「時間が経っちゃう、あっという間に経っちゃう」ふたりでそう言い合って、腕を組んで、夜道を歩いた。雪が降ってきそうなキンキンの、かつしっとりとした空気が私たちを包んでいた。

「減っていく一方っていう感じがこんなにキツいとは。」

私は言った。

「毎日の中に楽しみはあるけど。なんで犬の命は人間よりも短いんだろう。」

と国人くんは言った。

「もう、毎日キラキラで元気で勢いがあって、私たちの何倍も生きてるんだよ、きっと。それは悲しいことじゃないのかもしれないし。」

私は言った。

「もう、避妊なんてしないようにしようかな。」

国人くんが言った。

「もともとの回数が少ないんだから、あんまり意味ないんじゃや。私、次はもう野獣みたいな人とつきあうから、今はいいけど。」

私は言った。

「野獣か……勝てないな。」

国人くんは言った。

「これまたあっさりあきらめたもんだね、ところで何食べる？　私、かきあげうどん。」

私は言った。

「僕はきつね。」

国人くんは言った。

「きつねもいいな、半分こしようよ。」

「うん、いいよ。」

細い路地の暗がりの植木鉢を避けながら、冷たいアスファルトを踏み締めながら、それでも私たちは腕を組んだままだった。

あとがきと謝辞

この小説は、一見「エンタメっぽく各話にサイキックエピソードがあり、女の子とおじさんが組んで解決する推理的な楽しい読み物なのじゃよ！」というていなのですが、違うのです。

実はかなり重いテーマで、生きる方法やサバイバルのノウハウの話です。最後の話とエピローグがそのことをよく表していると思います。

今はもうなくなりつつある、私の知っていた下町ルール。とても独特で、しかしよく機能していたあの人生観。

あれを、今のうちに記録しておこうと思ったのです。良いことばかりではありませんでした。人間の生々しさに満ちた時代の、おどろおどろしいものを内包したルールです。

だからこそ当時の下町は、この世からはみ出してしまった行き場のない人たちをなんとなく、薄ぼんやり、誰もむりせずに包み込んでいたのですね。

がんじがらめの世の中になっていくことは、時代の流れなのでしかたがありません。でも、あのとんでもないながらも人間力だけでなんとかしていた時代をちょっとだけ書いておきつつ（関西ではちゃんと文化としてそのノウハウが保存されているように思えるのに、東京ではまるで、バリのウブドから精霊がいなくなったのと同じ感じで、下町ルールはすっかり消えてしまったように見える。でもディープなところでは生き残っているのだ、と信じたい）、主人公のキョカちゃんの内面のデリケートさ、生きていきがたいほど強いサイキック能力が、「好きな人や日常で会う人の人数の多さで散らされてかなり普通に、病まずに生きていける、むしろ周りの人にとって長所となっているくらいだ」というのもまたテーマです。大人が痩せがまんしてでもちゃんと大人だと、子どももちゃんと子どもでいられるのです。それは発達障害とか生きにくい子という診断をもらうよりも（もちろんそれも決して悪いことではないのでしょうが）ずっと美しいことですし、人類が長い時間をかけて育ててきた知恵です。

それから、この小説には、「運命の人との出会い」のニュアンスがあらゆるところに書いてあります。パートナーだけではなく、縁がある人との出会い。出会ったからといって、何かが解決するわけではない。しかし、人生の道はほんの少し拓けるのです。

読んで体感してもらえたら、役立つと思います。

河出書房新社の谷口愛さん、装画の朝倉世界一さん、カバーデザインの小田島等さん、本文デザインの戸塚泰雄さん、ありがとうございました。

新しいものが何も入ってなかったらもう引退したほうがいいな、と思っていましたが、少しだけまた新しい方向に踏み出せたなと思いつつ、ちょっと時代にとって早すぎたやも。

十年後くらいに読むとちょうどいいかもしれませんので、今ピンと来なくて「楽しい話だと思いきやわけわからん」と思われた方は、良かったら取っておいてその頃また読んでみてください。

今現在に読んで何かを感じてくださった方には、先に続くわずかな希望（婚活や妊活のことではなく、直感の新しい使い方）を今の段階で嗅ぎ分けるお手伝いができたなら、無上の喜びです。

この小説を、私を育んでくれた下町と両親と姉、その日々に関わってくれた全てのたくさんの人たちに捧げます。あと、人生の最後まで私に大切なことを教えてくれた藤澤美代おばあちゃんに。

私はそこからちゃんと受け取ることができました。もしも少しでも誰かに手渡せたら！

二〇二四年早春　　吉本ばなな

初出

ドライヤー　note「よしばな書くもん」
清濁　note「よしばな書くもん」
ぼたんどうろう　note「よしばな書くもん」
婚活　書き下ろし
エピローグ　妊活　書き下ろし

単行本化にあたり、大幅に加筆・修正しました。

装画　朝倉世界一
カバーデザイン　小田島等
本文デザイン　戸塚泰雄

吉本ばなな（よしもと・ばなな）
一九六四年東京生まれ。日本大学藝術学部文芸学科卒業。八七年『キッチン』で海燕新人文学賞を受賞しデビュー。八八年『ムーンライト・シャドウ』で泉鏡花文学賞、八九年『キッチン』『うたかた／サンクチュアリ』で芸術選奨文部大臣新人賞、同年『TUGUMI』で山本周五郎賞、九五年『アムリタ』で紫式部文学賞、二〇〇〇年『不倫と南米』でドゥマゴ文学賞、二二年『ミトンとふびん』で谷崎潤一郎賞を受賞。著作は三〇か国以上で翻訳出版され海外での受賞も多数。近著に『はーばーらいと』など。noteにて配信中のメルマガ「どくだみちゃんとふしばな」をまとめた文庫本も発売中。

下町《したまち》サイキック
二〇二四年 七 月三〇日 初版発行
二〇二四年一一月二〇日 4刷発行
著　者　吉本《よしもと》ばなな
発行者　小野寺優
発行所　株式会社河出書房新社
〒一六二 - 八五四四
東京都新宿区東五軒町二 - 一三
電話　〇三 - 三四〇四 - 一二〇一（営業）
〇三 - 三四〇四 - 八六一一（編集）
https://www.kawade.co.jp/
組　版　KAWADE DTP WORKS
印　刷　三松堂株式会社
製　本　小泉製本株式会社
Printed in Japan
ISBN978-4-309-03195-8
落丁本・乱丁本はお取り替えいたします。